回鹿山

◎侯健飞

一想到那么多富豪、政治家和名人被后人树碑立傳，我就想到那些地位卑微、生活平常的父親。偶尔，一個老人的面孔就闪过脑际。我努力回忆，就像早年看过的电影中的某個人物，老人的形象既清晰又模糊，他就是我的父親。

严格說來，父親在我眼里一直是老迈的，即使少不更事，我也不曾觉得父親有多么强大。我喜欢父親讲的故事，却从来没有崇拜过他，虽然，在懵懂少年時，父親还处在人生最灿烂的年月。

那時，父親是生产隊長，享有小小权力帶来的乐趣。

在我成人之前，就差不多知道了父親有一個不光彩的故事——与母親之外的另一個女人有关，我開始对父親产生了某種憎恶。這種感情持续了好多年，直到父親在我眼前变得衰老，更加衰老，然后生病，最后死亡。

回鹿山

侯健飞——著

CTS 湖南文艺出版社

图书在版编目（CIP）数据

回鹿山 / 侯健飞著 . -- 长沙 : 湖南文艺出版社，2024.1
ISBN 978-7-5726-1565-8

Ⅰ . ①回… Ⅱ . ①侯… Ⅲ . ①散文 – 中国 – 当代 Ⅳ . ① I267

中国国家版本馆 CIP 数据核字 (2023) 第 240194 号

回鹿山
HUILU SHAN

侯健飞 著

出 版 人 / 陈新文
责任编辑 / 张文爽
衬页手迹 / 侯健飞
封面及内文插画 / 侯恕人
书籍设计 / 刘盼盼

出版发行　湖南文艺出版社
（长沙市雨花区东二环一段 508 号　邮编：410014）
网　　址　http://www.hnwy.net
印　　刷　长沙超峰印刷有限公司
经　　销　新华书店
开　　本　880mm×1230mm　1/32
印　　张　9.5
字　　数　180 千字
版　　次　2024年2月第1版
印　　次　2024年2月第1次印刷
书　　号　ISBN 978-7-5726-1565-8
定　　价　56 .00 元

芙蓉出品

代序

写出心中灼人的温暖与疼痛

汪守德

一读到侯健飞的《回鹿山》，我就被深深地吸引了。我感到一部真正好的作品，应该有一种迷人的力量，吸引着读者不忍从书本之中抬起头来，而《回鹿山》正是这样一部作品。作者或许让我们相信，每个人都有属于自己的历史，也都在心中藏着一份巨大的秘密。当这份秘密随着时日的迁延而不断地发酵，并且有朝一日把这一切以洒满阳光的笔墨，毫无保留地敞开来告诉他人，坦然地同读者一起来分享时，便可以在作者与读者心灵之间搭起一道诉说与沟通的桥梁。健飞这样一部可以称为真正文学作品的问世，在中国的文学地图中增添了一个叫回鹿山的地方。我们随作者走进往事如烟、人生苍凉、情意弥漫的回鹿山，认识了一个曾经厮杀疆场、后却被生活苦难重重包围的军人父亲，了解了一个乡村青年苦涩而坎坷的成长道路和心路历程，体验和感受到一个作者写出的那种属于生活所分泌的灼人疼痛与温暖。

一切都与从战场神秘归来却又寸功未立的父亲有关，作者的命运似乎因此从一开始就有了某种必然的定数。作者正是以这样一种切入打开叙述的闸门，引领我们沿波讨源地去寻找与发现普通而又非凡、百折千回的人生景致。处于时代剧烈变迁中的每个个体，其人生轨迹本来就可能被历史风沙塑造成无穷多个版本。但父亲的版本则只有一个，那就是出生入死却无功而返，莫名其妙地回归乡里，这对于大历史中的具体个体而言可谓屡见不鲜、平淡无奇。然而按历史向上的逻辑来判断，父亲的命运走向和结局并没有体现为论功行赏这样一种司空见惯的因果关系，他成为一颗被甩出正常运行轨道的星。作为一名曾经身披硝烟的军人出现在人们视野中，前史与现实的对接是难以进行的，他在部队的行迹在乡亲们看来显得颇为可疑，因此也就自然给人们留下了巨大的悬念与猜测。而且在他回归乡村的人生中，性格的某种乖张特征及非常的婚配，使其在一个平常的乡村另类得有些不可思议。因此，父亲这一角色对于儿女来说，既是恐惧与温暖兼具的天然荫庇，又像头顶笼罩着的灰色阴影。这奠定了作者整个生命、生活、成长的基调，也始终成为作者一生无法克制的仰望与探寻。

父亲对于每个人的意义都是无与伦比的，这不仅是血脉意义上的，更是精神、心理和情感层面的。健飞当然更不会例外，由于拥有那些苦难的过去，甚至与父亲之间的联结更是锥心切肤的，因此，作者经过多年的积累与思考，以凝重的笔墨将父亲写出，为读者还原了一个生活原态的、令作者恨爱交加的、具有浓厚文学意味的人物形象。正因为作者与斯人已逝的父亲拉开了生命上与时空上的距离，沉淀发酵之后的生活似乎散发出更为浓烈的，甚至有些诉说不清的复杂滋味。作者以仰视、平视乃至俯视的角度，来观察和描写父亲的不同侧面，以类似三维的立体透视，为我们扫描出一个父亲的骨骼、血肉甚至气韵，我们所认识的是一个在那样的生活年代个性鲜明而又真实无比的人。是生活与战争共同造就了他的性格，使他的血液中融入了某种坚硬的物质，留下了战争的清晰遗痕。但历史本身的缘由和生活的凌厉与无情，使其不得不像一只被拔掉爪牙的猛虎，蜷缩在这个叫回鹿山的地方，在无奈舔舐自己伤口的同时，一任岁月把他逐渐风化和锈蚀。父亲作为生活与作品中一个独特的形象，有其“高光”的部位，如他的性格的刚强与暴烈，他狩猎野物时的卓越技巧，他在许多问题上的通达智慧和颇具眼光，他以自己的方式表达着对各个亲生和非亲生儿女的爱等，都让人觉得他终究并不缺少一个老军人的风骨。当然作者更写出了父辈最隐秘的甚至是见不得人的地方，如与除母亲之外的其他女人相好，为减轻身体的疼痛而偷偷注射用作镇定的“毒品”等，这些不名誉的行为在乡村生活的小圈子里，自然遭到人们的指指点点，使儿女在人前抬不起头来。然而正是这种行为乃至品格之短才构成一个人物的真实所不可缺少的“暗部”。作者并非以审父意识来剖析自己的父亲，而是描写既属于父辈也属于自己的那种难以分割的人生，并把心中最为疼痛和灼热的东西，以最为讥刺和旷达的文字写出来，让读者一起来经历和承受对于人物的那份直抵肺腑的揪心和感动。

由此可以认为，随着描写父亲笔墨的逐渐推进，健飞把一个真实的自己也毫无保留地袒露和刻画了出来。作为父母再婚而姗姗来迟的幼男，作者自始至终处于一种复杂的关系之中，这也注定了作者比常人具有更多一份对于血缘与亲情的想象与体验。而生活之路布满的艰辛与坎坷，如埋伏于青春岁月的饥饿，读书求学的不上进，亲人的恨铁不成钢，他人所由无端的轻视，心向往之却惨遭失败的初恋，至爱兄姊的龃龉与离散，生活无着时以画画或做小生意谋生，诸如此类组合式的挫折与苦难联袂而来，不仅使其少年之心伤痕累累，更赋予其明显的愁闷忧郁的性格。作者在作品中进行着直视灵魂的书写，那种生活的困顿与未知，那般人生的尴尬与无奈，那些丢人现眼、令人气短的旧事，都被作者以坦率与真诚之笔一一道来，几乎到了难以置信的程度。但作者时刻充满自省色彩的内心，无疑是其成长与励志的不竭源泉，因而终究凭借父亲的过人眼光和自身富于才情与坚忍的努力追求，做出走上从军之路这一重大人生选择，也终于使其走到了颇为光明敞亮的今日。一个作者敢于自揭其短，把过往隐秘甚至难以启齿的糗事全都晒将出来，该需要多么大的勇气。但当作者将其娓娓道来时，我们看到的是一个乡村少年酸楚艰难的人生历程与心灵跋涉，看到的是一个性格忧郁内心却注满阳光的形象，看到的是一种真实且具人性光芒的力量。

《回鹿山》还写到了更多与自己血肉相连的人物，如母亲、琴姐、长山哥、大姐荣等，这些自然形成的伦理人常都因为深刻的亲缘关系，构成了作者五味杂陈的生活世界与情感世界。他们都是曾经或依然存在于生活中的真实原型，当作者以不加雕饰的笔墨将他们还原时，我们触摸到的是那种底层人物清晰的生活质感和时代印迹。他们每个人都经历着重压之下的艰难生存，每个人都有着自身的独特欲望与诉求，每个人也都书写着自己热望与苦难交织的历史。由于血缘与生活同作者的距离是如此之近，因而他们的生生死死与喜乐哀愁，无不深深地撞击甚至切割着作者敏感而脆弱的心灵与神经，在作者的内心产生创深痛剧、极为复杂的情感纠结。耐人寻味的是，在这些人物身上，作者倾注了怨怼与宽恕、疼痛与爱怜的双重笔墨，把他们的秉性与命运以挽歌式或讽谕式的笔调慨然写出，便让那些不堪回首的记忆幻化为动人心魄的意蕴和余韵。作者这种对于往日生活苦涩与甘甜滋味的反刍与咀嚼，这种从心底蒸腾散发出的炽热沉重的情感分量，充分反映出作者虽经磨历劫，依然具有一副情志不改、宅心仁厚的古道衷肠。

《回鹿山》或许是一种介于散文与小说之间的文体。其实我们在阅读过程中常常处于对文体忽略的状态，因为文体的分野理应服从作者抒情达意的需要。而写真实的心灵和人生的作品总是感人的，它让你疏于纠缠其究竟应归于哪类文字，而被作者在作品中反映出的文学追求、写作态度和描写能力所折服。我们有理由相信，这个被称作回鹿山的地方，是作者出生之地，也是心灵锚地，其重温和回首往事的过程，是其重新审视心灵、实现灵魂救赎和精神重塑的过程。弥漫在作品清醒、冷峻而苛刻的文字中的，是作者对父亲、对所有亲友、对那片土地，甚至对自身所走过的那些岁月挥之不去的眷恋。我们从中可以感受到作者对自己生命和情感源头的父亲永远的敬畏与痛惜，感受到作者对生他养他的那片苦难之地永远的惦记与牵念。正因为作者对最熟悉的生活和最神圣的情感进行某种具有经典意味的描写，让我们对回鹿山由陌生渐渐变得熟悉，印象随之清晰深刻起来，心灵也因之变得异常空明与澄净。我们同样有理由相信，苦难是产生文学的真正源头，当作者饱尝失意与辛酸之后，一个真正的作家所应具有的性格、境界与情怀便可能悄然孕育而成。对苦难进行的长久而悉心的回味，绽放成美丽绚烂而又含有异香的花朵，使这部字数看似不丰的作品，显现出一种弥足珍贵的文学厚度和气韵。

目录

Contents

壹

一想到那么多富豪、政治家和名人被后人树碑立传，我就想到那些地位卑微、生活平常的父亲。偶尔，一个老人的面孔就闪过脑际。我努力回忆，就像早年看过的电影中的某个人物，老人的形象既清晰又模糊，他就是我的父亲。

严格说来，父亲在我眼里一直是老迈的，即使少不更事，我也不曾觉得父亲有多么强大，我喜欢父亲讲的故事，却从来没有崇拜过他，虽然，在我懵懂少年时，父亲还处在人生最灿烂的年月。

那时，父亲是生产队长，享有小小权力带来的乐趣。

在我成人之前，就差不多知道了父亲有一个不光彩的故事——与母亲之外的另一个女人有关，我开始对父亲产生了某种憎恶。这种感情持续了好多年，直到父亲在我眼前变得衰老，更加衰老，然后生病，最后死亡。

远游异乡快三十年了，所有熟悉我的人，都不曾听我提到过父亲。

如果我足够诚实，我必须承认，在父亲过世后的十几年里，我还常常为父亲一生中的某些经历感到隐隐的难堪和不快。

我不曾真正爱过父亲，不知道这是父亲的悲哀，还是我自己的悲哀。

岁月易老，人就容易悲伤，而悲伤这个词，似乎唯有中文才能表达，它与亲人的生离死别有关。偶然的一天，我脑海阴霾的天穹突然被一道闪电划破，年少某个时段的记忆全部复活了——几乎全是关于父亲的故事，这是我始料不及的。随着往事的复活，我逐渐产生一种隐痛般的愧疚感，觉得自己很失孝道，既没有好好珍惜与父亲共度的时光，也没有好好爱过父亲一回。难过之后才意识到，原来，我可以永远不在人前提到父亲，但一个父亲的往事，永远不会被儿子遗忘，这就是父与子的某种宿命。

过去一去不返，人生就是这样，不管是对是错，往事并不能改变。谁都可能用哀伤和忏悔的心回忆故人，但这并不能真正救赎什么。我自己也一样，因为，在父亲眼里，我这个儿子虽然不怎么优秀，但还不算太坏；我也有太多让父亲失望伤心的地方，幸好这些俱成往事。现在，我再次与父亲重逢，平静而祥和。尽管我在人间，父亲在天堂，父子相距遥远，可我相信，天堂里有一双眼睛总看着我，那是父亲的眼睛。

贰

某一天，我在家里心急火燎地寻找起父亲的遗物来——我很容易就找到了那张合影，那是1988年夏天，父亲被我接到承德某军医院住院，在一个阳光充足的中午，父子俩在大佛寺前留下这张照片。

我从书橱里拿出这张照片，走到窗前认真端详着。父亲的形象依旧，眉眼却怎么也瞧不清楚。一阵酸楚上来，热泪开始在我眼里打转，就好像刚刚得到父亲的死讯，我几乎不敢相信，那个谜一样的父亲真的已经与自己阴阳两隔。

最后，我在书房的角落里找到了那把哨子刀。这把被灰尘掩盖了许久的刀，以它特有的形制蛰伏着，像一个沉睡了百年的武士突然被惊醒。我费了好大劲才打开这把刀，一束清冽的寒光直刺屋顶。

哨子刀是满洲有钱人家的旧物，为赶车人专用。抗日战争和解放战争时期，北方部队中有很大一部分人是赶车人，也就是骡马辎重分队。这些特种士兵，都以拥有一把上佳的哨子刀为荣。父亲曾在军旅，却从来没有赶过大车，但在某一天，他得到了这把用最好的钢锻造的哨子刀。我知道，这把刀在父亲的腰带上悬挂了几十年，它像一副钢铸的骨架，从1948年一直支撑着父亲的肉体，也像一盏不灭的马灯，照耀着一个老兵越来越灰暗的道路。

就在这一天，我萌生了写写父亲的愿望。我从军前是一个文学青年，也许机缘巧合，也许命里注定，我穿上了军装，但是，军旅生活在我二十八岁时变了味儿，枪炮还没操练熟悉，却成了一个有些偏执的文学编辑。

我编辑出版过一些人物传记，最有名的，算美国四星上将、前国务卿科林·鲍威尔的《我的美国之路》，财经大佬格林斯潘的传记和影星格里高利·派克传记，即使如此，我仍对名人传记保留自己的看法。

其实，为平民叙事作传，首倡者为胡适，但我非常清楚，当今社会是名利场，为普通人立传虽然能够做到，但要在读者中产生影响几近妄想；青年人的人生目标似乎只有一个，那就是名望的飙升和金钱的积累。在这样的世界观和人生价值标系里，一个平民百姓的人生经历，不管多么与众不同，与他人也毫无干系。

然而，当我打开哨子刀的瞬间，立即决定动笔写写父亲，我想，不一定发表，就给自己看看。如果至亲至近的人和三五好友能读一回，已经很好了。

我为此文定下基调：忠实生活原态，尽管这是情感伤痛的一部分——虽然如此，我或许能在其中找到一种怎样做父亲、做什么样父亲的建议和忠告。

但我不确定，九泉之下的父亲是否愿意我这样做。

叁

我认为，关于人的出身，是有区别和不同的，这里包含了政治、社会、民族、家庭、卑贱与高贵等各种诠释。在新中国，出身问题曾较长时间困扰着社会各阶层。

二十世纪五六十年代出生的人，都在阶级路线的杠杆下，被分成三六九等。家庭出身是必须明确的，对一个青年而言，各种表格上，“家庭出身”一栏后面的空格总像一口深不可测的枯井，填“农民”“工人”或“干部”意义是不同的，对深怀理想的青年人来说，这很像一次命运攸关的宣判。

六十年代中期，我出生在河北、内蒙古和辽宁三省（区）交界的地方。很早以前，一定有一个传奇故事决定了这里的名字，美丽又朴素，叫回鹿山。这个地方地貌奇特，有人认为是草原，也有人认为是山谷，但无论地貌如何，我的童年很快乐。这里山明水净，四季如歌。

那时，父亲正值壮年，之前他从军离开故乡有十年之久。有一天，他突然带着一身硝烟、一把哨子刀和谜一样的经历解甲归田，不久就当上了生产队长，从此，一个身经百战的军人成为回鹿山一个普通的乡民。

我是一个对年代极其敏感的人，出生在“文革”时期的孩子，不论生在城市还是乡村，不能统称为“六十年代”或“七十年代”，应该改称为“‘文革’一代”才够准确，因为，他们在人生一开始就被时代永远打上了“文革”特有的印迹。

…………

我对父亲最初的记忆是恐惧。

父亲中等个子，偏瘦，窄额头，深眼窝，眼珠淡黄，偏灰色，赤红脸，高颧骨，右手比左手大。他最明显的特征，就是在左额角上有一个核桃大小的凹坑，这里不长头发，晴天时呈浅红色，阴雨天则变成暗红色，微微发亮。

父亲说，这是在队伍上让日本人打的，就一枪，“差点儿揭了盖儿！子弹却从后脑勺滑出去了”……

父亲讲到打鬼子，像讲一个别人的故事，他不说子弹飞，而说“滑”，这让我和童年伙伴们联想到在河里抓泥鳅的感觉，很是让人着迷。

然而，父亲脾气暴躁，打人时下手很重。如果他刚喝过几盅烧酒，恰巧此时邻居来告状，说我把她家的鸭子撵到冰窟窿里了，这下就很麻烦。

料定大事不好，我赶紧飞逃出屋。

酒后的父亲闻声下炕。

我母亲早有准备，急忙踮着小脚先一步冲出门外，以最快的速度关起风门，并用身体在门外死命抵住。

父亲力大，又借酒劲，用膀子一扛，结果小脚母亲抱着一扇风门仰面倒了。虽然这一扛一顶总算赢得了片刻时间，无奈父亲毕竟行伍出身，身手矫健，力大如牛，几步就追上来，伸出左手，像抓鸡一般拧住我，顺势摁倒，举起大一号的右手一顿猛抽……

然而，谁都不会英武一辈子。“文革”后期，父亲因“历史问题”被揪斗，他被乡民刘战踢下临时搭建的土台，摔折了左臂，从此身手不再矫健。

我照常惹祸，父亲虽然还能追上我，但因为残了，左手已无缚鸡之力，再难扭住我暴打，无奈之下，父亲改用脚踢了。

在我十四岁的某天，父亲又踹了我两脚，事情的起因我竟奇怪地忘了。这也是父亲最后一次踹我。我当然不能反抗，但是，一种倒胃般的反感情绪在那一刻油然而生。我觉得，一个连名字都写得很难看的父亲，无异于一个白痴；那么，父亲所描绘的战斗经历一定就是天大的谎言。

从那时起，父亲的脾气突然温和起来，像换了一个人。

军校毕业后，我获得确凿证据，父亲早年确实参加过共产党领导的抗日部队。日本投降后，他参加了辽沈战役，曾两次负伤，当时父亲已经升任营长。这是有关父亲“历史问题”最准确的记述。之前的“文革”后期，还有地区副专员刘文会的文字证明。可惜，这位与父亲共生死的战友，在做完这份证明不久，就被打成“现行反革命”遭揪斗，肝病复发，半年后病死在县城北头看守所。

我曾努力回忆父亲关于打鬼子的故事，但完全忘掉了。幸好记起一件事儿，那是小学五年级时，我写了平生第一个小说，叫《茅山之战》。写一支英雄的八路军抗日部队，在茅山与鬼子进行了一场遭遇战。这支部队的最高长官是团长，战斗即将结束时却被流弹击中颈部，壮烈牺牲了。团长的亲弟弟是营长，他和战友们用满洲人的丧俗就地火葬了哥哥。之前，弟弟割下哥哥一根脚趾藏入怀中……这是整篇小说写得最动情的地方。可是，茅山在哪里？我不知道，这完全是由父亲的片段故事拼接起来的。现在我终于知道，江苏境内有个茅山，当年曾是敌后抗日根据地。不过，史料表明，这里的抗日游击队没打过几个胜仗。

我小学的班主任姓蔡，是位知青，看了这个作品很喜欢，特别喜欢团长和弟弟，专门为我重新装订起来，用白卡纸做封面，还在上面用钢笔画了一座山，山前画了一株孤零零的玉兰树，盛开着几朵玉兰花。蔡老师说，满洲人最喜欢的动物是狗，最喜欢的花是玉兰花。狗是我熟悉的，玉兰花我从来没有见过，老师是南方人，就顺势把乡情移植过来。

十四岁，我上初中一年级，就是父亲最后一次踹我之后。那时塞北地区广大乡民饥寒交迫，很多公办学校开始停课勤工俭学。恰逢此时，我情窦初开，暗恋一个同届苹果脸女生，又不得要领，烦闷如影随形。某天，在目送苹果脸与一个乡干部的儿子有说有笑地离开学校，我立即痛不欲生。当晚，我躺在学校冰凉的大炕上，一次次思考起人生到底何去何从的问题。

思考的结果是悔恨交加，既后悔没生在工人家庭，又恨自己选错了父亲。（更要命的是，我的母亲还是个小脚，一个大地主的女儿！外公李善人是回鹿山东麓五道川有名的大地主，靠种大豆起家，偶尔也种植罂粟，土改时被新政权镇压。）

懵懂少年沮丧的心情，比对饥饿的恐惧更令人悲伤。此时，我正值青春期，也就是说，除了情窦初开，也正是准备叛逆的时候。但我还不知道，有一个叫遇罗克的北京青年，在我出生四年后就被执行死刑。据说，遇罗克因写了一篇叫《出身论》的文章而获罪。

如果现在还有哪位同龄人为自己的出身耿耿于怀的话，我表示理解。出身贫贱的苦恼一定在一些人心中隐藏着。这是某个时代的社会常态。

我有时想，如果遇罗克活到今天，说不定就有人向他请教：出身于官宦之家（政治贵族）和企业家（资本贵族）家庭的孩子，与农牧民家庭的孩子有何不同？真不知他作何回答。至于被愤怒的乡民用石头砸烂脑袋的外公李善人，说不定会选择到冥府上访！

我清楚地记得，母亲的故事常常以外公为主角。小脚母亲一说就流泪。她说："那时候，你姥爷公鸡一叫就起来，平时和长工一起下地干活。他年纪很大了，每天只比长工多吃一块煮豆腐，谁想到，竟被乱石砸死了，连个全尸也没留下……"

也是从十四岁那年开始，我听故事的兴趣转移到外公身上，而父亲再也不提他扛枪打仗的事了。

一个喜欢听故事的儿子和一个会讲故事的父亲的交流中断了。如果说，父亲在我童年的心中还有些分量的话，那么，随着故事的中断，一切都将变得无足轻重。

实际上，当时的父亲五十八岁，在那个年代，五十八岁已经算老年了。

肆

父亲祖上是河北省宽城县。

他是五兄弟中最小的一个，小名老五。不知何故，父亲从来没向我说起过爷爷，就像我从来没有过爷爷一样。

某一年，父亲、二伯、三伯、四伯跟随大伯侯万慈穿过伊逊河向北进发，在草原和森林交界的回鹿山落脚。那是二十世纪二十年代末的事情。他们兄弟五人为何背井离乡，不得而知。

我大伯侯万慈唯一的儿子宝山，也随父辈一起北上。他比五叔，也就是我父亲大两岁，真正的老侄少叔。当地流行一句谚语：老侄打少叔，打死不能哭。但侄子宝山从小就能找准自己的位置，他与五叔情同手足。

向北进发时，父亲还是一个七八岁的孩子，他一直卧伏在大哥侯万慈的背上，而宝山没有这个福分。

在父亲的童年世界里，大哥侯万慈成了他心中的一座高峰，是一尊神。不幸的是，几年后，侯万慈把五弟和儿子宝山一起交给一支共产党的队伍不久，突然病死了。

随后，四伯侯十慈也意外死亡。

客死异乡的大伯侯万慈、四伯侯十慈先后被葬在回鹿山西侧一块很平整的低谷，两个坟头前方是一片胡麻地。

1949 年夏天，乡邻们突然发现，外乡人侯家两个坟茔不见了。埋人的地方与旁边的胡麻地连成一块，黑黑的新土在绿野之中散发出特有的芳香。后来人们知道，是回乡不久的父亲移走了大伯、四伯的坟。

父亲解释说，这样一块平整又肥沃的土地，擅长胡麻，被两个坟头占了十分可惜，所以迁走了。

人们将信将疑。

更没有人知道，这个突然回来的五弟，把大哥和四哥的遗骨迁到了哪里。

伍

我的四伯侯十慈沉默寡言，勤劳能干，却是五兄弟中最短命的一个，他被砸死在深山的炭窑中。

关于我大伯、四伯的死，父亲讲起时语调哀伤。

他说，那时他和侄儿宝山正在山西与日本人作战。

我不知道大伯侯万慈病死详情，却听说四伯侯十慈死得很惨。他赖以生存的炭窑突然塌了，四伯被砸变了形。在炭窑中找到四伯的是三伯侯百慈，三伯独自背着亡故的四伯，冒着漫天大雪，走了整整一天一夜，才回到回鹿山家中。

把四伯侯十慈葬在大伯侯万慈坟旁后，三伯侯百慈一病不起……

从此，三伯侯百慈在我的心中突然变成一个顶天立地的英雄，当父亲用哀伤的语调讲到四伯时，我已经泪流满面。

不是因为四伯的意外亡故，而是因为背着尸体、在大风雪中走向家乡的三伯。兄弟的骨肉亲情，就在那一刻深深植入我幼小的心田。

在以后的生活中，我一直对兄弟众多、排行老大的人充满好感，并坚定地认为，兄弟姐妹中排行老大的人，一定是最值得亲近和敬重的人，那就是长兄如父！

父亲说，是大伯侯万慈的榜样力量深深影响着兄弟之间的感情。

后来，在离回鹿山几十公里的五道川，我第一次见到了长父亲十多岁的三伯侯百慈。

这让我大失所望。原来，三伯只是一个和父亲脸形非常相像的小老头子，个子矮小不说，还严重驼背；脑袋显得硕大变形，满头白发，花白的胡子脏乱无序，一滴亮晶晶的鼻涕好像一年四季都悬在尖尖的鼻头上。

这与清爽干练、目光炯炯的父亲完全不同。晚年的父亲也常常在鼻头上悬着鼻涕，但这是毒瘾发作时才有的现象——这是后话。

再以后，我发现，三伯侯百慈实在是个把日子过得分外仔细的老人，仔细得完全算得上吝啬，这种精打细算的禀性，倒让三伯一家在最困难的三年严重困难、五年大饥荒中逃过双劫。

三伯的节俭持家与性情豪放、风流成性、从不认为金钱可贵的父亲构成了鲜明的对照。即使这样，当我第一次把苹果脸未婚妻带到三伯面前时，他还是颤抖着手在怀里掏出三百元钱，执意塞给苹果脸侄媳。这笔钱，在二十世纪八十年代的乡村，是个不算小的见面礼。事实上，这也是苹果脸在侯家得到的最大一笔礼金。当然，这个苹果脸就是我当年暗恋的女生。穿上军装让我有了底气，有一天，我勇敢地把一封信从南方寄回家乡。一个月后，在县城工作的苹果脸回信了。

现在我常想，已经成了北京人的苹果脸是否还记得此事？那是一个冬天发生的事情，天寒地冻，滴水成冰，纸币上一定长时间残留着三伯侯百慈温热的体温。

在父亲去世后，三伯侯百慈又活了五六年。他是侯家五兄弟中最长寿的一个。匪夷所思的是，在我二十岁之前的记忆里，唯独没有二伯侯千慈的任何消息，我既没见过他，也没听父亲和三伯谈起他，他就像一个名为二伯的气泡，永远消失在故乡的空气中……

此后，关于家族的往事片段，是由三伯讲述的。三伯侯百慈天生不是一个会讲故事的人，加上他对我父亲怀有既疼爱有加，又恨铁不成钢的复杂感情，又顾虑我的接受程度，就把父亲的逸事讲得支离破碎，关键环节含混不清，旨意不明。

当我第一次问到大伯时，三伯的反应既冷漠又可疑：

“别提他，都是他害了我们……要不是他跟错了人，哪能让侯家妻离子散……”

三伯侯百慈始终不愿意谈大伯，但有一次告诉我，侯家的祖先是肃慎。肃慎是什么？很多人不明白，那不过是满洲人的别称罢了。由此我猜对了，三伯是读过几年私塾的人。三伯还对我说，侯家祖上历代为官，我的爷爷曾是先朝的文吏。

为此，我曾专门到祖籍宽城寻根，终于弄清，爷爷不过是清末县令的一个随吏，按现在的官称，也不过是县政府办公室的一个文秘。

三伯说，我父亲少年聪慧，却最不爱读书。他从四五岁开始在县城里游荡，常常跟随街头卖唱的艺人和说书的瞎子走街串巷，尤其对大口落子情有独钟，如醉如痴。

说到父亲的童年，三伯常常停顿下来，就像跟谁赌气似的，说：“这个老五，生就的骨头长定的肉，从小不求功名，斗大的字识不了几个。”然后乜斜我一眼：“你可别像他，他这辈子，哼！过日子没攒下仨瓜俩枣，耍把式也没耍出个人模狗样……当兵，又当得不明不白，哼！哼！”

三伯连哼了三声，好像我就是那个最让兄长们失望的老五。

三伯侯百慈的态度让我窘迫，我想起少年时期，每年正月间的晚上，一群孩子挤在炕头上，听父亲打着竹板说书（说书类似落子，但说唱交替，以说为主，与盲人的说书形式更接近）。识字不多的父亲就有这样的本事，他能一口气说唱四五个小时，连续十来个晚上完整唱完一部《十二寡妇征西》，或《苏武牧羊》。

父亲以他惊人的记忆力背下长篇落子的万语千言。当我一次次听得入迷的时候，也正是我对文学和音乐混沌初开的起始。这在没有课外书籍可读的时代，在深山老林，对于像我这样喜欢幻想的孩子，是非常重要的文艺启蒙。让我弄不明白的是，在三伯侯百慈眼里，这种带给我无限遐想和人生启迪的说唱艺术，竟是登不得大雅之堂的“把式”。

受二伯影响，自打上中学起，我也开始鄙视落子。每当父亲腰里掖着竹板，举着一把黑伞，以扭秧歌特有的狐步，扭走在队伍前面时，我就赶紧在人群中躲藏起来，或远远地逃离。我觉得，父亲举着一把破伞，在一群花花绿绿的秧歌队中跳闪腾挪的姿势异常丑陋，他一波三折的嘹亮哼唱简直让我无地自容。

有一天，我忍不住问三伯：“三大（大，北方满洲人称伯父为大，大伯为大大，二伯为二大，三伯为三大……），叔是我父亲吗？”

三伯突然愣了一下，说：

“这话咋说？他还能不是你父亲？”

“那，我为什么不能像别人那样叫他爸爸？”我终于将存疑很久的问题提了出来。

听到这儿，三伯舒口气说：“噢，你是问这个。按说他们早该告诉你。这也是不得已的事情。”

虽然说起父亲不提气的事儿，三伯总是一副捶胸顿足的样子，但我后来理解，父亲在兄长们眼里，好像永远是个长不大、不谙世事的孩子。三伯告诉我，满洲人管母亲叫娘是族规，但称父亲为“叔”或“大”则必有隐情。

据说，我出生那年是个灾年，夏天发洪水，冬天雪封门。正月某天，有一个讨饭的瞎子径直奔我家而来。邻居赶紧出来阻住，说：“大先生，大先生，不行不行啊，今天这家你可不能进……”

想不到瞎子却振振有词，说：“老衲化缘，讲的就是缘分，这个七号营子谁家都不去，这一家我非进不可，为啥？他家呀，今天有添子之喜。可惜呀，此子命硬，如果老衲不破绽破绽，将来必遭横祸，爹娘性命难保。你们说，这饭我该吃还是不该吃？”

一个要饭的瞎子，如此语出惊人，把平时最不迷信的父亲也镇住了。他赶紧把瞎子迎进西屋，好吃好喝一顿招待。瞎子说，为了避免给家族带来灾难，此子必须认给后山老祖（山神爷）。

最后，这个缺德的瞎子建议，此子长大后克爹克妈，只能叫父亲“叔”！（注意，“叔”和“叔叔”的叫法语气上不一样，“叔——”是单字音，尾音拖得要长，这是有亲情和血缘音韵的；而“叔叔”是双字音节，尾音短促而干脆，永远叫不出父亲的感觉。）

话已至此，父母没有办法，只好同意，千恩万谢了瞎子，以一捆鹿肉干作礼送他出门。

就这样，“叔——”这种不伦不类的叫法，我一直叫到父亲去世。

弄清了事情原委后我倒没什么，再说了，任什么别扭事，习惯了，也就自然了，可害得苹果脸妻子一直好几年还云里雾里。有一天，她终于忍不住小声问我：

“哎——哎——，要是……要是你不生气，问个事儿行吗？”

我看了她一眼，说：

“两口子的事，有啥不行，你问吧。”

苹果脸于是笑嘻嘻地问：

“你是叔亲生的吗？”

我像三伯侯百慈当年一样，愣了半天才回过神来，确实有点生气，说：

“你这话咋说？你看我不像亲生的吗？”

苹果脸赶紧闭嘴。那时我还年轻，还没有兴趣来讲自己的故事。关于侯家七弯八拐的亲情网，妻子用了很多年才基本理出个眉目。

我常常想，一个人要彻底了解另一个人是困难的，无论是父子、夫妻还是兄弟姐妹。拿父亲和三伯侯百慈来说，看似三伯对父亲的评价一语中的，但事实上，三伯远远不了解他这个五弟，既不知道他的人生理想，也不知道他的战争经历，更遑论他的内心世界了。

布面油画 | 30cm×45cm | 侯恕人作 | 2013 年

* 草原深处和山谷，天黑得早，那长长的夜路，是每个孩子都要走的，如果父亲及时递一盏灯给儿子，恐惧消失了，天也就亮了。

陆

二十世纪八十年代初的一个冬天，我成为一名光荣的战士。

在天津杨柳青军营驻地的大操场上，不时响起歌声和掌声。作为新兵代表，我受命登台，为全团新兵演唱一个家乡小调。

面对台下近千名来自五湖四海的革命兄弟，我站在阅兵台上，情绪相当亢奋，脑子却一片空白。努力调整心绪后，我向团首长敬了个磕磕绊绊的军礼。然后原地半转身，面对着黑压压的兄弟们——就在同志们等着伴奏音乐响起的时候，我突然放开喉咙，高声唱道：

呀——嗬嗬，哟——

言的是提笔先写字两行

张良留下了劝人方

男学仁义礼智信

女学贞节共贤良

古语留下两个字

忍字就比娆字强

…………

这是大口落子《张良献策》的开篇几句，我没用竹板，是清唱。字正腔圆地唱完一小节，台上台下已经掌声雷动。长江以南地区的战友未必完全听懂，但台下四百多名来自家乡的新兵，显然对大口落子的词曲非常熟稔。

我的家乡小调一炮打响。这次清唱不仅为四百多名老乡争了光，也赢得了新兵班长、排长，甚至连长的好感。当我涨红着脸，走下阅兵台准备走回队列时，一个老乡使劲握了握我的手。

我拿到了一个加盖团政治处公章的笔记本奖品，这让我激动不已。简直不敢相信，就在我一直排斥着父亲所钟爱的民间说唱艺术时，不知何时，自己竟一字不差地记下了《张良献策》开篇一节。可惜的是，在父亲大口落子的活宝库里，直到今天，我也只会这一节。当然，以后的若干年里，我靠回忆父亲当年的声调和感情反复练习这一段，现在已经唱得非常地道了，尤其是在高音和低音的转承部分，我唱得和父亲当年一模一样。

其实，就在琴姐自杀，母亲病逝，小哥长山出走，自己求学无望，前途一片灰蒙的时候，父亲也曾试着劝我向他学习大口落子。

父亲说，落子这种说唱艺术流传很多年了。在清朝、民国时期，兵荒马乱中，唱落子不仅是燕山北麓一带部分穷人的谋生手段，而且还让最底层的民众得到了一丝人生欢慰。他说，落子从来就不是旁门左道，它融合了东北二人转和河北梆子两种民间曲艺形式，曲调优美，唱词绝妙，是祖宗留下的文化遗产。它像昆曲、京剧一样以儒家文化为根底，以仁、义、礼、智、信为主旨，教化民众学好向善……

父亲说，其实落子好学，又不好学，愚笨一些的人，没有好记性的人，没有好嗓子的人，不求上进的人，品德不佳的人，是学不了的。

父亲说……

“别说了，我不学！”那次，我冷冷地打断父亲的引诱。

父亲立即停住话头，深深吸了一口旱烟，缭绕的烟雾瞬间包围了他花白浓密的头发。

那是一个深秋的夜晚，月亮还没有出来，窗外一片漆黑，两只蝈蝈在相距不远的地方断断续续地低鸣着，呼应着。此时，我的姐姐琴刚自杀不久，母亲又突然病逝，同母异父的小哥长山也搬走了……一年前还是团团圆圆的五口之家，转眼只剩下了我和父亲俩人。

“要不……你去学学皮影？”父亲仍不死心，片刻后，小声地以试探的口吻问我。

我的心动了一下。

皮影戏是我从小喜欢的民间土戏。锣鼓、影人和唱腔都能令我感怀，但更令我着迷的是，几根蜡烛，或一盏灯泡在幕后亮起，在一层并不细腻、白净的布帷幕上，透射出一片柔和的光；在这柔和的光晕中，一个个历史人物依次出场，白蛇与许仙、关公与吕布、李逵与李鬼，一个个或凄美或悲壮的故事开始了。

这是一种声光与影的艺术，像早期的乡村露天电影一样，皮影成为我早年吸收艺术养分的重要源泉；也唯有这声光与影的艺术，在那个文化极端匮乏的年代，广大乡村才会在夜幕的遮蔽下，让剧中人的情感、命运与自己的情感和命运完全融会在一起，来观照社会底层民众的人生命运和精神诉求。

我现在还常常想，一个人的性格禀赋也许与生俱来，但认识问题的角度千差万别，如果说，喜欢台前的是父亲，那么我却更喜欢幕后。

就在父亲提出学皮影的建议之后，我终于经不住年少好奇的诱惑，有一天，悄悄钻进帷幕内一窥内情。面对眼前古怪的场景，我立即对皮影这种古老的地方戏产生了不快。

要影人儿的艺人动作固然潇洒投入，但演唱者的行为万分恐怖：因为艺人演唱要用假声才可极尽夸张以达效果，所以，每个演员都用一只手，使劲掐住自己咽喉两侧，唱一声，松手换口气，唱一声，再松手换口气，如此反复，一出戏下来，艺人喉结两侧早已掐成黑紫色……

目睹如此惨状，我宁可更远一些聆听观赏，再也不想走进幕后，更不肯从事这要命的掐脖子戏了。

学皮影的建议仅仅让我心动了一下，以后的若干个晚上，我总是一声不吭地把头扭向墙壁。我的举动比回答更为坚决有力。父亲像是没注意我的反应。他不动声色地沉默着，继续一口接一口地吸着旱烟。

那时，父亲试图让我学技能的努力往往是在晚上。当我躺在炕上想心事儿的时候，一直坐在炕头吸烟的父亲就试图努力了。

“困了就睡吧。”父亲把烟头扔到地上，拉灭灯，和衣躺下。

月光朦胧了窗户，外面是深秋的月夜。两只蝈蝈，或者更多的昆虫还在叫着。突然，一种我至今都叫不出名字的鸟儿，也一声接一声地啼鸣起来。这个时候，往往是天快亮的前兆。

2003 年，央视正在热播电视连续剧《走向共和》。剧中一直有这种鸟叫的画外音。当皇室贵族出场时，这种鸟鸣就渐弱渐强、时断时续起来。记得那天，第一次听到，我竟出现了错觉，以为窗外的树上飞来了这种鸟。于是，我走到窗前，仔细谛听起来……

苹果脸妻子不解地说：

“你魔怔了？那是电视里的鸟儿叫！”

我打了个激灵，一下子就想到了与父亲共度的那一个个夜晚——

那年初冬，我打点行装，准备告别家乡去当兵。临走前几天，父亲突然从箱子里拿出那副竹板，说：

“趁这几天空闲，你应该学会打竹板，学会了，就把这个带上，过去行军打仗时，这个很管用，虽说现在不像过去，不打仗了，但到队伍上，说不定哪天还会用得上。”

我再一次断然拒绝了父亲的提议。我想，一支趋向现代化的人民军队，还用得着打竹板吗？！

父亲没再说什么，那副竹板在他手里停留了好一会儿，然后又被放回箱子。

那是父亲用了大半辈子的竹板，质地非常好，闪着紫红色的光，由于上爿的长时间磕打，在竹板的下爿边缘，形成了一道深深的凹槽。（现在想来，十分可惜，我再一次错过了了解父亲战争经历的机会。我无数次设想，在烽火连天的年代，父亲一定用这副竹板为行军部队唱过落子，以便鼓舞士气。）

其实，在我入伍之前的几年里，父亲再也没有参加过家乡的秧歌队，也许是因为年龄大了，唱不好了，忘记词了，也许……现在，我更愿意相信，是父亲发觉了我对他唱落子的反感，为了不让我难堪和痛苦，父亲忍痛收起了竹板，他彻底放弃了钟爱一生的说唱艺术。

很难想象，我当兵走时，家里只剩下了父亲一人。那两年，虽然说不上父子二人相依为命，可一个六十三岁的老人，而且时时受着病痛和毒瘾的折磨，我真不知道，当时父亲有怎样悲凉的心境。

我就那样毅然决然地走了！像时下逃出农门的打工仔一样，心里一直涌动着逃出草原大山，逃往外乡的快乐。当年的我，几度暗下决心，无论发生什么事情，无论怎样的召唤，再也不会回到这个贫穷落后的山谷！

我一直被这种决心激励着，一次次激励着，十七八岁的我甚至在梦中就开始了在外乡的生活，啊！高楼、电影院、剧场、霓虹灯、篮球场、大米白面和牛肉……那真是天堂般的生活！

毫无疑问，那时的我只顾想着自己，唯独没有想到的是，当我这个年富力强的儿子当兵后，父亲将如何拖着一只残臂耕种、秋收、砍柴……实际上，父亲早已经不能到营子口那眼深井里打水了，当我不在家时，他是营子中唯一一个挑溪水吃的人……

柒

像二伯侯千慈在家族里神秘消失一样，关于侯家五兄弟，为何一起落脚草原深处，将成为永远的秘密。

我虽然喜欢文学，却不能依靠自己的想象来判定父辈当年的迁徙。不过，有一点可以肯定：父亲五兄弟生在有教养的家庭，虽然家道中落，尚不至于举家乞讨，逃荒关外的可能性极小。会不会是逃难？但他们五兄弟，除了父亲年少顽劣、不求学问外，另外几人都识文断字，成墨在胸，断不会犯下打家劫舍的罪行。

我日后细考近代史，发现当时正值清末民初，整个国家正值栉风沐雨、群雄逐鹿、百战难定天下的混乱局面。细细推敲，有两种猜测比较靠谱。一是，我爷爷虽非清朝皇亲国戚，但毕竟是朝廷小吏，清朝一灭，难免有家仇私怨找上门来，为后代子孙计，爷爷也只好责令长子侯万慈携领着四个兄弟背井离乡；二是，大伯已经是革命派，曾跟随冯玉祥操枪弄棒多年，并混得一官半职。某年兵败溃逃，对时局判断不清，只得丢下妻小，携年轻力壮的男丁北逃，以便东山再起。

我知道，父亲一生最深爱的人之一是大伯侯万慈。父亲一讲到大伯，多半会陷入遐想之中，一如现在我的某种回想。父亲那时常常找不出更好的词句，以表达他心中对大哥的敬爱。

有一天，父亲对我说："你大大早年是个举人，身高五尺，后来官至团总，要文能文，要武能武……"

停顿一下，父亲又说：

"哪像你三大，只会拿一手毛笔字来显摆，没什么学问，个子矮脑袋大，又嗜财如命！"

说到大伯，父亲必定带出三伯，一来为了做个比对，以强化他心中大哥的美好形象；二来也能让我对逝去的大伯有个具体印象。其实我知道，父亲对三伯，除了对他嗜财如命有些不满外，平时还是尊重的。

有一回我问父亲："既然三大不像大大，那你像大大吗？"

父亲沉吟一下，用一种很是含蓄的语气，略带一些郑重地回答："八队你老舅说我像，也可能长得像一点儿吧，但我哪有你大大的本事。"

接着，父亲又补充说：

"你大大说，小时候他有一条黑亮的大辫子，他非常喜爱这条辫子，每天用清水濯洗，又不肯像其他人那样，把辫子缠在头上，直到成为革命党……"

直到今天，我仍然想象不出大伯的样子，也不记得大伯任何一个故事。一想到大伯，出现在脑海中的一定是三伯，因为我没见三伯梳过辫子，大伯的形象就成了后来清宫戏里的一个人物，或是电影中的遗老遗少、纨绔子弟，或像老相册里一个清末保皇派学子。

父亲的后半生变得非常含蓄。这种含蓄，与他壮年时期的刚直不阿、暴烈脾气奇怪地混合在一起，常常在我眼前交替出现。

含蓄是父亲的性格，更是他的命运。他把自认为很像大伯的地方，借别人的嘴说出来，既维护了大伯的神圣不二，又避免了自己在儿子跟前自吹自擂的尴尬。事实上，在侯家，见过老大侯万慈的人，只有父亲和三伯，连我母亲也只听其事不见其人。

真正对大伯有所了解的人，其实还是三伯，父亲最多只落得年幼无知，盲目崇拜。但三伯一生目光短浅，胸无大志，随遇而安，显然不愿意多谈长兄的旧事，还认为是他拖累了兄弟。

"你大大曾是县公署缮写员，1912 年投奔了冯玉祥，东北讲武堂第一期陆军科毕业。身经百战，官至团总。1927 年蒋介石编遣部队，排除异己，他只好退伍还乡……"这是父亲关于大伯最精确的记述。

关于二伯侯千慈，父亲说：

"你二大，才学五斗、性格沉闷，来到回鹿山第二年就走了。你二大的出走，却不是你大大安排的。那年，日本军队在东北炸死了张作霖，顺势南下，回鹿山一带到处闪着刺刀的亮光，县城更是大量驻扎了日军……你二大可能受了刺激，有一天赶车去县城卖粮，半道儿上走了。”

二伯走后，大伯侯万慈对家人说，老二不适合吃行伍饭，他本性善良，悲天悯人，但愿老天保佑他这回投对了队伍。不论是国民党还是共产党，只要真心反抗日本的军队，就算跟对了，千万别像我那些年，一直像一群穿军装的土匪，打来打去，尸横遍野，血流成河，打了半天都是中国人，遭罪的还是平头百姓。

捌

就如父亲对大伯的过去一知半解一样，母亲对父亲的过去也是一无所知。

母亲改嫁给父亲时，已经人到中年。

我的小脚母亲三十八岁时嫁给父亲。之前她是一个苦命的寡妇，有一个快成年的女儿荣，两个未成年的儿子忠和长山。

关于母亲的婚姻，我一直不好意思打听。但我还是隐约知道，母亲嫁给父亲前，曾经嫁过三个男人。第一个丈夫门当户对，是一个大烟庄主的儿子，但从小染上烟瘾，小脚母亲过门不久，烟鬼就不幸亡故，没有留下子女。

母亲之所以嫁给第二个丈夫，是因为地窖里藏了三十坛紫红大烟膏的外公，在乱世中已经自身难保，他无力再给儿女们以帮助和庇护。于是，小脚母亲在一个坏邻居的撺掇下，稀里糊涂地嫁给了本乡一个游手好闲的二流子。

这个三十多岁的光棍，显然不能胜任一个丈夫的身份，当时正值日本人占领热河期间，这个不要脸的男人，像那个时期很多不要脸的男人那样，成了小日本的走狗——他当了伪军，穿上一套黑色制服，戴上一顶劣等白布装饰帽墙的大檐帽，打上绑腿，趿着一双圆口布鞋，右肩再倒挎一杆破枪……面对这样一个败类，小脚母亲明智地离开了他。

我外公被愤怒的乡民砸死前，最后一次做主，让女儿嫁给了小哥长山的父亲。长山的父亲也是一个死了妻子、扔下一个儿子的破落小地主，却是一个老实本分的男人。然而，十多年后，这个本分的小地主，只给苦命的小脚母亲留下荣、忠、长山等五个未成年的孩子，独自一人到天堂享福去了。

母亲一人拖着五个孩子，度日如年，她受尽了生活的种种磨难。

那时，新中国已经成立，但地主女儿的帽子高得怕人，人间欺辱就更不会放过可怜的小脚母亲。

我后来听大姐荣说，母亲原本不再想嫁人了，但那时的日子实在难过，不嫁人她和剩下的孩子都得活活饿死。荣的父亲死后，一年内先后有两个孩子病饿而死。就这样，我的五个同母异父的哥姐，最后只剩下大姐荣、二哥忠和小哥长山。

而与小哥长山同父异母的哥哥国，此时已经长大成人，并光荣入伍，成为共和国一名军人。

大姐荣又说，母亲之所以痛快地嫁给父亲，是因为介绍人说，父亲不仅是回鹿山七号营子的生产队长，而且成分好，还是扛过枪、打过仗、威风八面的人。

母亲从来没有遇到过这样理想的男人，于是就答应了。母亲当时只有一个条件：只要求父亲好好对待活下来的三个孩子，自己再苦再累，当牛做马都认了。

父亲答应了这个条件，于是，小脚母亲就带着大姐荣和小哥长山嫁到回鹿山七号营子。

我的异父二哥忠没有随来，是因为他当兵的大哥国做主，让亲戚把忠藏了起来。国要在这个关键时刻，表现出父系家族的权威和长子当家的族规，他不容忍继母随心所欲地带走他的几个弟妹。

据说，母亲最喜欢的孩子就是忠，因此，她伤心地哭了多日，眼睛都哭坏了。后来证实，二哥忠果然是所有兄弟姐妹中最聪慧的一个。忠绝对有诗人的浪漫情怀，如果不是只念过小学，他注定是个诗人。生活上，忠一生穷困潦倒，却一生仗义疏财，直到今天，外债都有几十万了，还在梦想发财当老板，以便周济穷人。

我上中学时，因为学校离二哥忠家较近，就借宿在二哥家，前后有两年多时间。这个同母异父的二哥对我非常好，真是关爱备至。

二哥忠被当兵见了世面的大哥国逼着读完小学，也算一个有点儿文化的人，但算术一直弄不明白，幸好喜欢朗读，于是就常常躺在被窝里，摇头晃脑地给全家读《三国演义》或《岳飞传》，声音抑扬顿挫，像唱民歌小调。因为与我的兴趣相投，二哥忠成了我的知己。

然而，忠有一个最大的缺点：不知出于何种原因，他常常借故打他的儿子宝；还有，忠还常常怀疑嫂子给我带的午饭分量不足……再后来，忠就常常喝酒喝多，一喝多就对着墙哭诉对不起母亲，后悔当年没有随母亲一起走，让母亲伤心绝望，又后悔在母亲晚年没有尽到儿子的责任，而让我这个小弟吃苦受累……

母亲四十四岁时，为父亲生了女儿琴；又四年后，四十八岁的母亲生下了我，从此，苦命的母亲终于彻底枯竭了乳汁……

我从三十五岁开始白发，四十岁时有个外号“老干部”。我深知自己体能基础差，起点低，越想越感到体力不支，人又出奇地怀念旧时的光景。苹果脸妻子对此很不满意，把这一切归咎于我父母年龄过大生育。

这些都不重要，重要的是，我亲眼所见，作为一个继父，父亲基本履行了当年对母亲的诺言。父亲对五岁到侯家的小哥长山视如己出，但不知为什么，随母嫁到回鹿山的大姐荣把继父说成了一个魔鬼，以至于在我当兵第二年，第一次把苹果脸未婚妻带回老家时，差点被大姐的一席话搅散了婚事。

大姐说，我当兵前，非常游手好闲，而且如何这样，如何那样……一句话，我在回鹿山是一个不务正业的二流子。说这些时，大姐一直连带着父亲。

她说：“城邦他舅和他姥爷一模一样，像极了，简直一个模子刻出来的，真是谁的儿子像谁，这叫啥，这叫随根儿。”

城邦是我的小名，他姥爷是指我父亲。

母亲嫁到回鹿山七号营子的当年，大姐荣嫁给了同营子的青年马倌雨生。在同母异父的大姐眼里，我这个弟弟似乎一出生就是不可救药的。我起初并不理解，事后只好宽慰地想，当时大姐倒未必有意想搅黄我的婚事，要说只能说大姐缺点儿心眼儿，再不济，也是同胞姐弟，父亲虽然不是她孩子们的亲外公，但名分总还是姥爷嘛。

事实上，荣能嫁给回鹿山优秀青年雨生，过上乡间女人温饱无忧的生活，完全有赖于这个继父。雨生当年真是个好青年，当生产队长的父亲最器重他。据说，当年牵着一匹骡子去接我母亲的人，并不是父亲本人，而是八队的舅舅苏耀祖和好青年雨生。

关于苏耀祖这个舅舅，直到读到中学我才弄清楚来龙去脉。

看来，我必须说说父亲的初恋了。

玖

作为大哥，对父亲这样顽劣的小弟，大伯侯万慈不知费尽了怎样的心机。或许，大伯终于看透父亲的朽木难雕；或许，大伯想借助某种外力来改变父亲；或许，大伯原本就是一个爱国爱家的民族义士。就在日本人攻占热河五年后的1938年，大伯把十六岁的五弟和十八岁的儿子宝山同时送进了一支短暂驻扎在回鹿山的抗日队伍。

这一年，距二伯离开回鹿山已经十多个年头。

令大伯想不到的是，三年后，儿子宝山阵亡，而五弟也音信全无。

我当然不会知道，那时，与丧子失弟的大伯同样悲伤的，还有一位年轻美貌的女子，她就是父亲的恋人——八队耀祖舅舅的姐姐苏灵。原来，父亲在当兵前，就和苏灵私订了终身。

我后来常对苹果脸妻子说："我敢打赌，在茫茫草原深处的回鹿山一带，开创自由恋爱之先河者，一定是我父亲和他的亡妻苏灵。"

苹果脸听了就冷笑一声：

“应该还有他的儿子，十三岁就会追女生，这叫啥，这叫随根儿！”

我无话可说，一句话堵在那儿，这也是事实。因为，自己虽然暗恋过中学时期的妻子，但公开的初恋并不是苹果脸，她有些醋意也属正常。

父亲当兵后杳无音信，生死不明，伤心欲绝的苏灵妈妈并没有放弃，她始终不相信父亲被日本人打死的传闻。眼看斗转星移，青山变老，整整苦等了父亲八年，苏灵终于抗不过母命，只好答应另嫁他人。

然而，就在苏灵同另一个外乡人定下婚期之后不久，父亲突然不期而至。

那是 1949 年 3 月初的事情，辽沈战役刚刚结束。父亲人高马大、满身火药味地出现在家人面前。他没有带枪，却带了两处枪伤回来，裤带上别着一把生钢铸造的哨子刀。当然，那副当兵时带走的竹板还别在简易行李上。

苏灵如梦方醒，百感交集，毅然退掉婚事，投身到父亲怀中。按父亲当时的说法，战争要结束了，一个新的国家即将诞生，他被特批解甲归田，准备迎接丰衣足食的日子。

有人不解，问他为啥这个时候回来。他说，他负伤了，在养伤期间，人民解放军进行了大规模整编。考虑到他的伤势情况和本人意愿，部队批准他解甲归田，娶妻生子。

关于父亲这种说法，我后来专门查阅了有关材料，据人民解放军军史记载，为实现军队的正规化要求，中央军委在解放战争战略决战前后（1948 年 11 月 1 日和 1949 年 1 月 15 日），相继发出了《关于统一全军组织及部队番号的规定》和《关于各野战军番号改按序数排列的指示》。据此，人民解放军于 1949 年 2 月至 6 月间，进行了历史上最大一次规模的整编，统一了全军的组织编制和番号。

从时间上看，父亲所说应该不谬。

但是，在“文革”前的“四清”运动中，父亲这段当兵的历史属于“清政治”范畴，清查的结论有两个：一说，他在辽沈战役中当了逃兵，在锦州一役时战场脱逃；二说，他在侄儿宝山战死的那场对日作战中被俘，幸而逃跑，却投降了国军，之后一直与共产党军队作战。

历史已经证明，这两个结论无论是哪个，都会要了父亲的命。关键时刻，承德地区副专员刘文会出面保下了父亲。刘文会当年与父亲和宝山同在热河抗日区大队。后来，父亲和宝山随八路军主力转往保定，刘文会被组织留在当地做民政工作。当“四清”运动工作组以“历史反革命”罪名羁押父亲时，来回鹿山巡查的刘副专员及时出面作保，并出具了当年伪县长宫延藩和日本籍副县长松本腾次郎签署的缉捕通令。

在那个通令上，父亲的名字和宝山的名字赫然在册。这是日伪时期缉捕参加共产党军队人士的正式通令。父亲有了这把保护伞，幸运地躲过一劫，但在“文革”后期，因为有一个叫刘战的人出面揭发，父亲终被当作美蒋特务关押，几经摧残，差点丢了性命，最终还是折了一只胳膊，残了左小臂。就在这一年，救下父亲的刘副专员被打成“现行反革命”，遭到武斗，最后病死在看守所。

父亲的战争背景被一层浓雾永远遮蔽了。

用现在的眼光来看，父亲当年的解甲归田，有太多令人费解的地方，除了他头部和肚子上的疤痕让我相信他曾出生入死外，父亲似乎有意把一个秘密埋在心底，并最终带进了坟墓。

有时，我会这样推测：转战南北的父亲，终于寻得了回家的机会（比如在后方养伤，比如行军路过家乡），他想回家看看父亲般的长兄，更想证实一下，他深爱的姑娘苏灵，是否已经嫁人。于是他突然出现在家门口——但就在此前几个月，大伯侯万慈已经病逝，父亲并没有见到至死都惦记着的大哥，幸运的是，恋人苏灵虽然已经订婚，但并没正式嫁人。

于是，父亲编个谎言留下了。

但是，这种推测合理吗？这是父亲当年的真实情境吗？

我一次次产生这种诘问。如果推测，是爱情让父亲留了下来，那为什么不可以推测是父亲惧怕了死亡？抑或父亲厌恶了战争和杀戮？

当然，作为儿子，我宁愿相信，是爱情让父亲放弃了已经到手的锦绣前程。在父亲晚年的凄惨境况中，我曾暗暗惋惜，如果不是父亲当年被华而不实的爱情牵绊手脚，像他这样的抗战老兵，新中国成立后，不说高官得做，骏马任骑，起码也得弄个离休干部吧？

苹果脸妻子当然有理由怀疑我的讲述，听我说了父亲这段悬案，先还挺感慨，随即就用讥讽的口吻说：

“多可惜呀！如果那样，何苦你的出身一栏里还是农民？”

一口气咽下去，差点儿没把我噎死！

然而，这一切都不重要了。不管大家怎么说，当年的父亲还是和苏灵幸福地结了婚，爱情战胜了一切，事实掩盖了一切假设、推断和臆想。

十个月后，在父亲和苏灵新盖的草屋里，苏灵妈妈死于难产。和苏灵一起死掉的还有个女婴——她同样是我的姐姐，这个一声不响的孩子，干干净净地来，又干净利落地要了妈妈的命。

据说，父亲差不多快疯了。他不顾家人反对，执意把不幸的母女葬到离营子很远的响水剑石坳。

剑石坳是响水西山快达山顶一处凹地。此处乡人和家畜罕至，西、北和南三面隆起，唯有东面开阔，崇山峻岭层层看透，直至一望无际的天边。无论春夏秋冬，第一缕阳光必定先指向这里，如果是雾天，一团团云雾飘浮在半山腰，有时一动不动，有时忽浓忽淡，宛如仙境。

在新坟后面五六米远的地方，一块青色尖顶巨石拔地而起，远里看，近里看，都像一把越王勾践的龙泉宝剑兀地从山坳里露出半截，真如鬼斧神工一般。更奇妙的是，在剑石南北两侧，各自一字排开七八棵老山柳，像几百年前有谁特意栽下的一样。

后来曾有人怀疑，父亲其实已经把大伯、四伯的遗骨先期迁到这里了，但没有人见证，也没有看到坟头。

埋葬了妻女，父亲整个人都走了样儿。他在剑石坳搭起一个临时遮风避雨的马架子，独自一人为母女守灵七七四十九日。半年后，他在家乡又消失了，几个月后，才又突然回到回鹿山七号营子。

从此，父亲开始酗酒，一边酗酒，一边悄无声息地出没在草原、森林中。大约从这个时候开始，父亲迷上了狩猎。

很多人都说，父亲的枪法准极了，几乎百发百中。

父亲故去后，我曾回乡去看望八队耀祖舅舅，耀祖舅舅说起父亲，轻言细语，语调凄恻。

耀祖舅舅说，苏灵妈妈去世前后，正是解放战争时期战场南移的时候，我父亲想重新回到战场，结果没有找到自己的部队。

父亲哪里知道，他所在的部队在新中国成立初期已经被改编成第四野战军铁道纵队，开往南方修建大军南下的铁路去了。

再后来，父亲当上了七号营子的生产队长。大姐荣说，父亲从这时开始就有了别的女人，准确地说，是别人的老婆。大姐荣又说，直到母亲嫁给父亲，父亲也没有断掉与那个破鞋的关系。

现在，我总算找到了一条大姐恨父亲的正当理由了。

也是从这一刻起，我对父亲产生了一种类似厌恶的情绪。

入伍第三年，当我把病重的父亲接进军医院时，父亲的病因让我加剧了对父亲的憎恶情绪。

我想，如果当年父亲不是被爱情冲昏了头脑，如果他路过家乡时，停留一下重新回到革命队伍，父亲日后成不成离休干部不要紧，重要的是，父亲就不会成为今天这样一个瘾君子。

拾

无论是过去还是现在，犯下背叛配偶和家庭错误的父母大有人在。作为子女，尤其是未成年子女，对这种事情无法选择，无法预知，也无法阻挡，就像出生前无法选择什么样的父母一样。但有一点是肯定的，如果我们有了是非观念，我们对这种事情的态度，往往是大同小异的，尽管常常无济于事。当然，大人们一定把这种事情做得非常隐蔽，要获得准确的消息并非易事，子女一定要比遭背叛的父亲或母亲，或者左邻右舍了解的情况晚得多，也少得多。

第一次听到或看到什么，子女的第一反应是本能的拒绝，不相信；时间长了，听得多了就疑惑一阵子，然后就强迫自己不去想这个问题；再然后就烦躁起来，继而愤怒了："去他妈的，什么他妈的乱搞男女关系，什么他妈的破鞋，统统都滚蛋吧，与我有什么关系！"如果这期间，有一个同龄的孩子与你吵架，还拿这件事来揶揄你，不知道其他人会不会疯掉，反正我会疯掉。

长我几岁的童年伙伴良驹，就抓住了这个把柄。他好像真的掌握了父亲乱搞女人的证据，于是，经常拿这件事儿来折磨我。每一次我都不会屈服，我疯了一样反击、搏斗，直到良驹把我打倒在地不能动弹为止。

良驹不仅长我三岁，而且身体强健。

良驹是我最刻骨铭心的童年伙伴，他让我第一次尝到了被外姓人狂揍、欺凌的滋味，也让我第一次得到了不畏强暴、拼死抗争的锻炼。但是，我还是在小说《远山的钟声》里真诚地悼念了这个不幸早逝的童年伙伴——他 2004 年客死他乡，而且是冻死在唐山市一个天桥底下。良驹最后十年靠在外城拾荒度日，死后是另一个同乡给收尸火化的，骨灰不知所终。听说这件事时，我难过得掉了眼泪……

根本记不清何时何地，是何人让我知道了父亲与别的女人相好。反正，我度过了一个儿子正常的反应时期。后来母亲病了，渐渐卧床不起了，由于病痛的折磨，母亲开始在背后咒骂父亲和那个“杨木匠家的”。

杨木匠家的就是和父亲相好的女人。杨家距侯家不足百米，在我的印象里，杨木匠家的是一个比母亲还要老的女人，一个每时每刻都浮肿着一张紫黑脸的老女人。自打我记事起，杨木匠家的就整天躺在炕上憋气，常常在阴天或傍晚时分，发出“呵——”的一声长啸，声音很响，很憋闷，很难受，这是支气管有病和肺部有病的老人憋得难耐时，自我缓解的唯一办法。其实，这缓解不了多少病痛，倒让听到叫声的人异常痛苦。

杨木匠是当地一个手艺不错的木匠，在我七八岁时，他因病去世，扔下两个女儿和一个儿子。木匠的大女儿是个傻子，用现在的话说就是智障者，直到快三十岁才远远嫁给外乡一个哑巴青年。二女儿智力尚可，但身体健康有问题，整天病歪歪的，却早早嫁往五道川。最小的是儿子，名字叫军。

军大我六七岁，读过几年书，由于父母年老多病，军在少年时就成为杨家的顶梁柱。

军白天出工劳动，晚上进山砍柴，他是当时回鹿山地区最下力气劳动和最孝顺的少年。我几乎天天看见军端着母亲的便盆，一趟趟在老屋出来进去。总体来说，杨家日子过得相当穷困，但幸好有了军这样的好孩子，杨木匠家的才能够支撑着多活几年。

就在我小学毕业那年，杨木匠家的这位久病的母亲病逝了。军在二姐出嫁、大姐帮不了任何忙的情况下，竟也能够较体面地安葬了母亲。应该说，在回鹿山方圆几十里，当时没有不认识军的乡亲。军实在是一个孝顺儿子和好青年的典范，有如我当年的大姐夫雨生。

拾壹

显然，关于父亲这段野史，实际上是母亲嫁来之前的旧事。如果所传不误的话，起码是苏灵妈妈死后那几年的事情。以我后来观察，父亲的“外遇”持续的时间并不算长。但不知何故，父亲至死背着这个不太好的名声，至少在大姐荣的眼里，父亲是一个比任何继父都糟糕的继父。

奇怪的是，我从不了解父亲对待这件事情的态度。他既没反驳过什么，也没解释过什么。就连母亲在最后几年半公开地高声咒骂，父亲也置若罔闻。

说起来可笑，母亲病重那几年，不仅眼睛几近失明，耳朵也几乎聋了。十几年对父亲逆来顺受，母亲终于找到了缓解病痛的良药，那就是随时咒骂父亲。

母亲一开始尚能为开骂找一些理由，比如父亲整天吃镇痛药、乱花钱之类，慢慢地，就不需要理由了，只要她想骂，随时都可以开口——

从背地到半公开，从小声到大声，从屋里到屋外，从夜晚到白天……而且，母亲咒骂的字眼儿也越来越狠。

关于杨木匠家的那点事儿，母亲显然比大女儿荣更为在意。有好几次，父亲从外面放羊回来，都已经走到外屋了，母亲还在里屋有滋有味地骂着：

“千刀万剐的！老赖歹！”

“他怎么不死，跟那个骚娘儿们，一块嘎巴死了，倒心宽眼亮！”

“这个挨枪子儿的，出门就碰八个炮子儿！阎王爷咋就不睁眼！”

如果正逢母亲病得难受，此等咒语是一定要一句不落、字正腔圆地骂一回的。这时我和小哥长山、姐姐琴就非常害怕，担心父亲会搭腔，只要父亲一搭腔，一场战争就不可避免了。我和琴姐都清楚，父亲并不是一个好脾气的男人，早几年酒后，他除了喜欢打我和小哥长山，也常常打母亲。关于这一点，我从来没有怀疑过大姐荣的描述，尽管荣的讲述常常添枝加叶，有时还别有用心。

但是，父亲好像从来没有打过琴姐，这一点，尤其不能让大姐荣释怀。荣认为，作为继父，父亲根本没有权力打小哥长山。事实上，长山挨打，不是因为他淘气或做了什么坏事，而是因为逃学，再逃学。当然，小哥也有替我挨揍的时候——父亲有时怪他没有带好我，以致我在外面惹是生非。

晚年的父亲性情大变。对于母亲的咒骂，他从来没搭过腔。如果他在院子或外屋听到骂声，就原地停下来，里屋成了父亲望而却步的地方，不知是该进还是该退。有时，他会大声干咳起来——这是在提醒里屋的母亲：我回来了，你就别骂了！可是，不知道母亲是真没听见，还是故意听不见，她不骂完一轮，是万万不会收嘴的。这时，父亲就默默地走到院子某处找点杂活儿干。如果找不到顺手的活计，他就卷起一支粗大的旱烟，蹲在灶间或外屋门槛上一口接一口地吸着。

在这期间，我、琴姐或小哥就会想办法制止母亲。母亲意犹未尽地停住骂，然后侧身躺下，张大口喘气——母亲已是严重的肺水肿病人，病得越来越重，像杨木匠家的那样，肺水肿让这位多灾多难的母亲同样受够了罪。

我始终不明白，哮喘和肺水肿何以如此相似。这两种疾病是塞北草原回鹿山一带早年常见的地方病，老人和孩子都有可能患上。因为闭塞和穷困，谁得上了，都得承受漫长的折磨和死亡。

我记得，有一回天下大雨，父亲放羊回来，在外屋生起柴火烤湿衣。母亲却在屋里一声高似一声地历数父亲的种种罪行，不管琴姐怎样暗示父亲就在屋外，母亲就是不肯住嘴……

现在想来，我心中总有一种别样的温暖，仿佛看到父母相亲相爱的某个场景。我知道，每当母亲诅咒父亲时，父亲是相当落寞、相当愁闷的，他会一天或整个晚上不说一句话。父亲的愁闷，也许不在母亲的咒骂，实则是因为一个父亲在渐渐长大的子女面前抬不起头来。但是，父亲的宽容足以证明，母亲的病痛痛在身上，但也痛在父亲心里，作为丈夫，他为自己的无能为力深感内疚。

至于父亲何时改掉了打母亲的毛病，也有两个版本：一说，自从母亲生了我以后；二说，在小哥长山十七八岁的某一天，酒醉的父亲又打母亲时，小哥突然向这个继父发动了攻击，据说那次父亲吃了亏。

对后一种说法，我一直将信将疑。小哥长山动手的可能性有，要说父亲被小哥打败，可能性不大。父亲是一个体格健硕的汉子，直到他去世，身材还算魁梧，而小哥长山，长到三十岁，身高也没超过一米五，而且单薄，十七八岁的小哥不可能打倒父亲。

不管怎样，随着我们年龄渐渐增长，父亲不但不打母亲了，他谁也不打了。父亲还彻底戒了烧酒，戒了酒的父亲，就像一个失去狮王地位的老狮子，变得异常沉默寡言。

差不多就在这段日子里，一种说法传进了我的耳朵：

军不是杨木匠的儿子，他是父亲的骨血。

也就是说，军应该是我同父异母的哥哥。

这简直让我无地自容。好在那时我已经到山外上了中学。

我知道，要摆脱这些苦恼，躲到学校读书也许是最好的办法。

就在我寄宿学校的第二年，一个更令人惊诧的消息传来：杨木匠的儿子军，托人到我家，向我的姐姐琴提亲了。

那一年，琴姐刚刚十八岁。

关于父亲和军的关系，军和琴姐不可能没听见乡邻的风言风语。

事情就这样富有讽刺意味地发生了。

现在，此事已经过去了近三十年，但我仍没弄明白，这件事本身蕴含着什么。是乡邻恶人的一次精心谋划？还是军年轻的懵懂无知？抑或同样受到世俗中伤的军，想以此向整个回鹿山提出挑战，用以证明自己和母亲的清白无辜……

如果是第三种可能，这个木匠的儿子非同小可，他将会是回鹿山日后不可轻视的人物，此刻，他像一个身经百战的武士，但他的反击不动声色，兵不血刃……

我同样没有机会直接看到父亲对此事的态度。其实，不论父亲的态度怎样，本性敏感刚烈的琴姐自然有自己的主见，事实也是琴自己解决了问题。她在同年深秋的刈草场上，迅速与同营子的青年汉恋爱，并在全家的一致反对声中，不顾一切地与汉生活在一起。

琴的意绝和闪电般的成婚，令所有亲人措手不及，全营子人都目瞪口呆。

对于琴姐的选择，父亲一开始比任何人都坚决反对。应该承认，从家庭条件到文化程度，汉比军各方面都不差，而且，汉浓眉大眼，天生一张美男子的脸——也唯其如此，父亲比任何人都了解这个巧言令色的青年，汉注定是一个缺乏责任感的花心男子。

也许，就是父亲对琴直接挑明了这句忠告，反而成全了汉和琴的迅速结合。真是一语成谶，琴果然用自己的生命做了这次闪电婚姻的赌注。

一天，琴流着泪对父亲说：

“都是你，让我们没脸见人，我就是要嫁给汉给你看，我死都不会后悔！”

琴说的是“我们”，而不是“我”。

两天后，邻居李叔和大姐夫雨生把一只黑头母羊牵到我家。这头健硕的绵羊就是汉家的礼金。

不久，黑头母羊产下一只小母羊，也是黑头，像它妈妈一样漂亮。

一年后的腊月底，琴和汉生的儿子抽风抽死了。这是一个异常白净漂亮的婴儿，既像琴，也像汉。这个孩子只在世界上存活了九十天。是琴的婆婆因迷信巫医作法，耽误了孩子的病。

这个连名字还没来得及取的孩子死亡九十天后，也就是第二年的农历三月初一，当山谷里的春天还未真正来到的时候，差不多整天以泪洗面的琴服毒自杀，那年，她只有二十一岁。

《回鹿山》

玲珑彩瓷板画 | 46cm×36cm | 侯恕人作 | 2022 年

* 回鹿山是塞罕坝草原毗邻的一座小山，没有多少人知道，甚至连当地人也懒得去过问一下它的来历。

2009 年，我偶然读到一本叫《花田半亩》的日志，作者田维，北京女孩儿，也是二十一岁，不幸因病去世。第一眼看见田维的照片，我突然想到自杀的琴姐，同样的年龄，同样美丽，却以不同的方式离开了人世！这个世界，美丽多么容易粉身碎骨。

在我以后的生活里，非常在意“九十”这个数字，因为，两个九十天，两个至亲的人生命消亡，这种巧合让人刻骨铭心。

父亲在一夜之间差不多全白了头发。

俗语说，穷家不养娇女，这真有道理。对于琴的死，世界上也许没有任何一个人比父亲更悲痛。可能是他曾经失去过一个女儿，所以，琴一生下来，就受到了父亲的格外宠爱和重视。琴在父亲含而不露的宠爱中长大了，长成了一个漂亮、懂事、孝顺的女儿，也养成了任性、偏执和决绝的性格……

就在军托人向琴提亲那年，大姐夫雨生把自己的长女秀文许配给了军。雨生一反当地风俗，一分钱财礼也没要，就将女儿迅速嫁给了军。

大外甥女秀文，大我三岁，她比小姨琴小一岁。秀文是个矮小的女孩儿，没读过多少书，小时候，因为得过一种叫大骨节炎的病，所以腿脚不是很好，走路的时候微微有点儿跛。

直到今天，我也弄不懂雨生姐夫当时的真实心态——既像为女儿选择一个好夫家，又像有意为父亲和琴的尴尬处境解围。

雨生是父亲当年最看好和倚重的青年，他虽然一直没能接班当上队长，但这两个男人的友谊一直持续到父亲去世。

拾贰

琴自杀那天，是一个周六的早晨。

太阳迟迟没有露头，山谷阴坡的积雪，经过长长一个冬天的风吹日晒，已经变成抹布的颜色。

琴被邻人从后山抬回时，一群喜鹊不知从何处飞来，团团围住七手八脚的乡民，上下翻飞。在喜鹊焦急的喳喳声中，琴已经没有了呼吸。

得到报信，我和小哥长山几分钟后就赶到了琴的身边。从此，我一刻也没离开过琴，直到她秀美的面庞从蜡黄色变成灰白色，再渐渐变成青灰色，然后从炕上被抬到地上，最后从头到脚被盖上一张毛头纸。

死后的琴依然是好看的，她没有闭上漂亮的大眼睛，乌黑的秀发一直露在纸外，像乌黑的墨汁泼在冰冷的屋地上……

后来，医学知识让我追悔莫及——琴当时也许并没有真正死亡，换句话说，至少在应该有效抢救的三四个小时内并没有死亡，深度昏迷是中毒后常有的症状。可惜的是，包括我这个初中生在内，亲人们并没有人懂得抢救服毒病人的基本常识，也没有条件将她及时送往医院。当那个乡医宣布琴没救时，我头痛欲裂，像被人用一根钢钉慢慢敲入脑袋。

琴姐在深度昏迷中慢慢步入了她真心渴望的天堂……

当天下午，父亲被人从响水林场找了回来。

一年前，就在琴流着泪对父亲说，她就是要嫁给汉，死都不后悔的几天后，父亲背着自己的行李，到远在几十里外的国营林场当了一名羊倌。

父亲赶到汉家时，琴还横躺在炕上。

此时，琴的血液显然还在循环，当第三瓶液体滴到一半时，那根插在琴胳膊上的输液管玻璃罩上端，一滴晶莹的液体忽然悬在那里，再也不肯滴落下去——这说明琴彻底死了。随后，琴的双耳和指甲慢慢变成青白色，最后是青黑色。

父亲满头大汗，踉跄着冲进屋来。

一缕阳光从窗户纸的破洞射进屋来，正好投在琴的额头上，琴的头被罩上一层金色。

父亲站在炕沿前愣了几秒钟。

父亲突然爬上炕，匍匐着扑向琴。

父亲用健康的右臂飞快地托起琴的脑袋，不怎么灵活的左手慌乱地按在琴的额头、脸上。

父亲跪在琴的身旁，看了琴几秒钟，突然把琴的头死死揽在怀里。

父亲哭出声来。

父亲的全身都在剧烈地抖动。

父亲搂着琴的头，用那只残废的手，一次次抚摸着琴的脸。

父亲的手抚过琴的额头、眉梢、鼻子、嘴和下巴颏儿。

父亲一遍遍为琴梳理乱糟糟的、乌黑的头发，直到琴的头发彻底理顺了。

最后，父亲用手慢慢合上了琴半睁的双眼。

这是我有生以来第一次看到父亲流泪，也是唯一一次看到父亲痛哭！要知道，满洲的成年男人，亲人死亡是不能哭泣的——这是千百年形成的民族风俗。

乡邻们用了好长时间才拉开父亲。

在屋里屋外一片啜泣声中，父亲慢慢地被搀下炕，在里屋的某一处他被什么绊了一下，有人把他扶坐在一个木凳上。

这时，父亲突然看见了我，这是一种异常陌生的眼神，像不认识我一样。父亲随后又看了我一眼，似乎愣了一下，眼神亮了一下，随即又暗淡下去，继而重新蒙上一层泪水。其实，父亲有一双非常明亮和深邃的眼睛，琴的眼睛和父亲的一模一样。

就在乡亲们从炕上七手八脚往下抬琴时，父亲轻声问我：

“你姐……留下什么话？”

我摇摇头。

事实上，从我见到琴那一刻，琴就没说过一个字。

泪水再次流过我的双唇。旁边，汉家一个姨母告诉父亲：琴是在后山上服毒的，婆家人找到琴时，她就不太能说话了，最后只说了半句话，意思是希望她的死讯不要告诉有病的母亲……

毫无疑问，小脚母亲对这一切一无所知。她当时就躺在距汉家不到三百米的老屋火炕上，正在忍受着肺水肿的无情折磨，直到母亲最后离去，她也不知道她最小的女儿已经先她而去。

没有谁能够抵挡这种巨大的悲伤，听了琴姐婆家人的转述，在场的亲人心都碎了，大姐荣转身跑到外屋，再次放声痛哭。

……直到现在，我仿佛就置身在三十年前那个初春的下午，屋里屋外都是亲友乡邻，地上躺着死去的琴。隐隐地，有谁在哭，或是大姐荣，或是大姐的女儿秀文、秀芝，或是琴的几个小姑，而琴昨天晚上，还给我和母亲做了最后一顿晚饭……

离开故乡后，一想到琴的乌发和美丽的眼睛，我的泪水总会一次次流下来。我不知道，一个决心以死拒绝世界的二十一岁的女儿，缘何在临终前，拼力提醒世人，别把这个噩耗告诉母亲。既然她自己都能视死如归，难道不知道，母亲正时刻被病痛折磨着吗？事实上，没有谁比琴和我更了解母亲那几年的寻死经历了。眼睛的渐渐失明，耳朵的渐渐失聪和双腿的渐渐瘫痪，再加上一刻不停的憋气，母亲已经把死亡当成了人生唯一的幸福。如果不是被孩子们严加看护和她自己行动不便，母亲随时都有可能用剪子、菜刀或绳子，甚至撞墙结束生命。

母亲没有死，她最美丽聪慧的女儿琴，却在隔壁的汉家死亡了。而死因的直接导火索竟是一件小事：知道我这个小弟周末从寄宿学校回来，琴就跑回来，一边给母亲和我做饭，一边听我讲学校发生的趣事儿。琴在山外上过一年中学，她最爱听我讲学校的故事。就这样，琴误了汉的晚饭，夫妻因此争吵。据汉说，当时他并没有动手打琴，语气最重的一句话就是："喜欢回娘家，你嫁人干啥？滚回娘家去吧！"

琴知道自己不能回家，家里没人同情她的婚姻。她选择了另外一种回家的方式。琴姐服毒时，怀里还抱着三个月前死去儿子的一件小袄。

尽管我知道，这不是意志坚强的琴真正绝世的原因，琴的死必定另有隐情。但几十年来，一想到琴的死，我就自责不已——如果，那天不是周末，我就不会回家，我不回家，琴就不会在家里耽搁太久，这样的话，琴或许会与前来索命的死神擦肩而过……

拾叁

什么都不能改变，琴死了，像所有生命消亡一样，复活只是人们的美好愿望。太阳落到西山顶时，父亲说：

“把琴搭出去吧。”

父亲的意思是，琴已经死了，在屋地上躺了大半天了，死去的人应该抬到当院的灵棚里，这是乡俗。

这时，荣突然大声喊起来：“不行！我妹子不能就这样白白死了，不偿命也得丘在屋里！”

同母异父的大姐荣，当时已经是五个子女的母亲，她虽然喜欢道听途说，平时与小妹琴并不见得多亲近，但琴的死还是让她悲伤不已。

平时笨嘴拙舌的小哥长山也大声咆哮：“对，谁也不能动，谁动琴我就劈了他！我要烧掉这房子。”

小哥的动议，立即得到我几个表兄弟的响应，他们是我娘舅家的三个儿子波、芳和清。几条汉子个个红着眼睛，摩拳擦掌。

小哥虽然是异父哥哥，但由于琴和我与他一起长大，他的感情自然不比别人。自从琴被宣布死亡那时起，小哥立即红了眼，疯了一般找汉拼命。

已经有几个乡亲暗中看住了小哥。大家知道，长山虽然生得矮小，但性格倔强，爱憎分明，过去与恶邻发生争执，常闹出以死相拼的事情来。

就在这时，二哥忠赶到了。

他的到来，引发新一轮悲声。我、长山和荣仿佛见到了救命的菩萨，一齐拥向他。

突然失去小妹的忠冲进屋来，揭开纸被，只匆匆看了一眼琴，立即大声喊着汉的名字，让他跪出来说话，但挤到面前的是一帮劝慰的邻居。

忠急了，厉声说：

“长山，你们还等啥，抄家伙，给我砸……”

兄弟们纷纷寻找趁手的武器，一场乡村常见的申冤械斗即将开始。

就在众人乱成一团时，父亲被大姐夫雨生扶出门来。他站在台阶上，像一堵陈旧的老墙挡在屋门口。

见兄弟们硬要往屋里冲，父亲突然喝令：

“你们……都给我住手！”

愤怒的兄弟们并没有住手的意思。

父亲向后退一步，继续用身体堵住门口，大声说：

“你们都停下，谁也不能乱来，今天死的，是我闺女，我的闺女！除了她娘，今天的事儿我说了算……”

几乎没人相信，这是一个父亲此时说出的话。忠、长山和大姐荣都愣在那里。

就在大伙愣神儿之际，雨生发话了：

“忠、他二舅，老话说，人死不能转活，事情已经到了这一步，我们……我们还是听叔的吧……”

乡亲们马上附和，又七嘴八舌地劝慰起来，整个院子一片嗡嗡声，像一口空空的缸发出雷鸣的回响。

愣怔中的大姐荣，终于找到了发泄的对象，她突然哭喊着冲向雨生，在他脸上噼噼啪啪地抽了几个嘴巴子。

二哥忠这时才反应过来，他愣了片刻，然后愤怒地瞪着继父，哽咽着说：

“好吧，叔……既然，既然是你的女儿……你的女儿，你说了算，那，我们走……我们都走……”

二哥忠的眼泪终于流了下来。他突然冲上台阶，猛地拨开父亲，几步抢到琴的尸体旁，扑通一声跪下去，对着妹妹，砰砰磕了两三个响头，然后爬起来，踉踉跄跄地冲出屋门，飘飘忽忽地跑向大门……

几个表兄弟见此情景，也提着家伙，跟着忠冲出汉家。在傍晚此起彼伏的狗吠中消失在营子口。

…………

后来，大姐荣逢人便说：“自个儿的亲生女儿都死了，当爹的，连口冤枉气都不让出，这样没有心肠的人，世间少有！”

说到琴死这件事时，荣是叫着父亲的名字说的。

在我的故乡，无论是否亲生，如果一个子女在人前叫出父母的名字，这就意味着一种亲情关系的彻底决裂。

这一事件再次加重了荣厌恶父亲的砝码，在以后许多理应需要她向我父子伸出援手的时候，大姐荣却一直袖手旁观。

第二天中午，琴像正常亡故的人那样出殡，奇怪的是，指路的人竟是父亲。

父亲站在一个长条凳上，面朝西南，用一根擀面杖敲打一下脚下的凳子，指向西南方向。

父亲叫一声琴，说一声：

“琴，好丫头，走好啊，奔西南，那是大路……”

再敲一下凳子，父亲再叫一声琴，又指向西南，说：

“琴啊，你一定要走好啊，要奔西南大路……”

按丧俗，亡人之路要指七遍，但父亲把擀面杖一次次指向西南，指了一遍又一遍，此时人们才意识到，父亲会这样一直指下去，但没人忍心止住他……他不停打战的双腿被两个乡邻一边一个扶住，声音已经微弱得像自语。最后，他一头栽在几个保护他的乡邻怀里……

乡亲们点燃成堆的黄纸，如黛如烟的山谷里，飘起无数黑色纸灰，像一只只黑蝴蝶向远山飞去。

父亲昏了过去……

为琴送葬的人很多。这在我的故乡是个例外。因为，当地人认为，山祸、溺亡、自杀等意外死亡是横死，而横死的人一般都阴魂不散。横死的人出殡时，不满十八岁的年轻人和儿童都要尽量避开，以防被抓成替死鬼。

在送葬的队伍头顶，昨天那群一直围着琴飞舞的喜鹊又飞来了，它们像上苍派来的护佑使者，在队伍前后忽上忽下地飞翔。

营子中的老人都说，琴这孩子仁义、烈性，死得干干净净，所以不会下阴曹地府。喜鹊是喜鸟，是玉皇大帝的信使，它们来引领琴上天堂。

在这美好的祝愿声中，人们只看到琴扔下了父母，毅然去追寻死去的儿子了，尽管她才二十一岁。没有多少人理解，生死对一个未亡人意味着什么，但我相信父亲知道。琴这样的女儿，诞生在回鹿山这个地方，诞生在这样一个时代，干干净净地自决，似乎是最好的出路。丈夫的花心，丧子之痛，对父母家人的愧疚，生活艰苦，这一切，只不过更加坚定了琴自戕的决心罢了。

日后我想，琴没有后代，那么，按乡俗，给琴指路的人应该是她爱人汉，如果不是，应该是我这个弟弟，那，为什么偏偏是父亲？

父亲为琴指路这一幕，多年后还常常出现在我的梦中，醒来后，我常常一夜难眠。一想到此，父亲那颤抖的双腿、歪斜的肩膀和一遍遍叫着琴走好的情景犹在眼前，令我不能自已……

后来我努力回想，琴在死亡和下葬的整个过程中，她的爱人汉在哪里？特别是在换衣、入殓、开光和指路的关键时刻，汉为何一直没有露面，他当时在哪里？

记忆是清楚的，也是真实的。自从琴被认定死亡后，汉就再也没敢走近琴。他躲躲闪闪的身影，令向往爱情、相信爱情的人心碎。

一个美丽的妻子死了，入殓后棺盖封死那一刻，那个叫汉的丈夫却站在一米以外的人群中，他不敢走近即将永别的妻子，这个男子的目光里一直充满恐惧。

客观地说，谁都不是圣人，活人对死人的恐惧也是非常自然的事情，特别是对青少年而言。在琴死后的一段时间内，我就恐惧过，特别是晚上，我常常害怕得不敢出屋，不敢大声喘气。尽管我尽量装出若无其事的样子，但我总觉得，琴每天夜里都回来，她有时藏在西屋的米囤后面，有时藏在房檐下的暗影里，有时就站在里屋油松老柜旁边……

我相信，父亲早就洞悉了我内心的恐惧，因为，每当我夜晚不敢独自出去方便时，父亲就会及时拉亮电灯，拿起电筒对我说：

“我出去尿尿，你去吗？”

我什么也不说，爬起来下炕，默默跟在父亲身后。我怦怦狂跳的心安定多了，那黑黢黢的夜，远远的山，慢慢翻卷的浮云，隐约的溪水声，眨眼的繁星和夜鸟的悲啼都变得不那么可怕。

这也是我有生以来，第一次感觉到，父亲对于我的重要性。这时的父亲，在我心中清晰而亲切。

拾肆

到底谁该为琴姐的死负责，是汉？是她儿子？是父亲？是杨木匠的儿子军？还是琴姐自己？我至今也没有找到令自己信服的答案。

现在我承认，生活像一艘航行在波涛汹涌的大海上的船，过来的路虽有风浪，毕竟过来了，当下怎样，自己真能掌控吗？岸边还很远，未来会一帆风顺吗？生活之船始终隐没在层层雾障中，世人很难控制一切。生命的过程是一个灵性的递进，我们看不见，摸不着，无法触及的灵性法则正在掌管着这个过程。

当年的另一件大事是，埋葬了琴姐之后，我辍学了，在初中三年级的上半学期，父亲也暂时辞去了林场的羊倌之职。

两个月又四天后的农历五月初五，小脚母亲在家里溘然而逝。这之后，父亲变成了一个彻头彻尾的瘾君子。

事情之大，变故之快都令人措手不及，但事情还得从琴死后说起。

我的辍学和父亲重新回家，并没有给家里带来任何变化和好运。那是我家老屋最暗淡的日子。卧床的母亲时时受着肺水肿的折磨，而父亲、我和小哥，不但忍受着失去琴的悲伤，而且时刻忍受着母亲一意寻死和追问琴去了哪里的惊恐。

我、小哥和父亲几乎昼夜不停地轮流看护着母亲。除了照顾她的生活起居外，连睡觉都睁着一只眼睛——生怕母亲突然死去的恐惧时时占据我的整个思维。这期间，母亲一直询问琴去了哪里，我们就骗她说，琴因为和汉没有办结婚证，却生了孩子（母亲是见过琴的儿子的），是计划外生育，犯了国法，怕政府来抓人，她躲到宽城老家去了。

一开始，母亲半信半疑，十天半月后，母亲越来越多地向父亲问起琴，问她为何还不回来。而且，每次都用紧张的眼神盯着父亲的眼睛问。父亲每次从母亲的询问中逃脱后，都会借口锄地，到房后的菜园中蹲上好大一会儿。

自从琴的儿子死后，母亲咒骂的对象开始从父亲身上，转移到琴的婆婆身上。母亲虽然也迷信，但还不会迷信到相信巫医的程度。她诅咒琴的婆婆，因为是她让跳大神的巫医害死了白胖胖的外孙。

琴死后不久的一个黄昏，我无意中发现，父亲急匆匆地向杨树谷方向走。那是一片没有农田的阴谷，谷很深，琴就孤零零地葬在阴谷的尽头。

又一天清晨，当我将汉家给的黑头母羊连同另外几只羊，赶往东梁山坡时，我隐约看见，父亲像一截树桩一样，站在琴的坟旁。周围是安静的春山，成群的云雀从谷底飞起来，落在半人高的荒草丛中，还有三两只寒号鸟隐藏在一棵柞树上。听不见云雀的啁啾，也听不见寒号鸟的泣叫，清晨的杨树谷半隐半现在缭绕的山岚之中。一群蓝色的野鸽从山坡上飞下来，又飞上去。

父亲从琴的坟上回到家时，往往会跪在西屋的炕上，把臀部翘得高高的，双手死死抱住自己的脑袋扎在枕头上，长时间一动不动。即使在田间劳动间隙，他有时也会把头顶到一棵杨树的树干上，两臂环抱着后脑，一站就是一个时辰。

当时我还不知道，此时的父亲，精神上已经垮了。除了承担白发人送黑发人的巨大打击外，他的身体也垮了——他正在与一种顽疾做着抗争。

这个顽疾就是父亲的头痛。

父亲说他头疼，疼得厉害，而这时的父亲，已经完全戒掉了烧酒。

父亲一直有偏头痛的毛病，好像从我出生时，他就有了这个病。没人怀疑那是日本人的子弹留下的后遗症，一颗子弹从额头打进，又从后脑“滑”出去，会不会伤及大脑，我不知道，恐怕连父亲也没这样想过。

由于习以为常，我从来没想过，父亲是个有病的人。关于这一点，恐怕天下绝大多数儿女都有同感，总觉得父母是不会得病的，即使得病，也无大碍，更不会死亡。

过去，父亲一直有吃镇痛药的习惯，每天要吃两片 APC，就是药片上凹凸着三尾小鱼的那种阿司匹林（上世纪六七十年代北方农村将一种镇痛药称为阿司匹林，与现在流行的保健药不同）。在我的印象里，这就如同父亲每天要吃饭喝水一样平常。就我当时的认知水平和生活经验来说，根本不可能知道，阿司匹林和强痛定片是麻醉神经的药品，如果长期服用，是会上瘾的。

但令人意想不到的是，这种一分钱一片的镇痛药，有一天在我的家乡脱销了。

公元 1980 年前后，阿司匹林这种与北方广大乡民生活关系密切的药品，在回鹿山一带的药店被宣布脱销。药店的主人称，有一种叫作强痛定的药片，会更好地取代它。当然，强痛定的价钱要贵阿司匹林两倍还多。

忍受不了头痛的父亲，只好改用这种较贵的强痛定片。从效果上看，这种药确实比阿司匹林见效快，镇痛的时间也长，但后来我知道，这种药的性能更接近毒品吗啡。

不久，乡村药店又宣布，强痛定药片也不能供应了，取而代之的是强痛定针剂。这种两毛多钱一支的镇痛药剂，终于彻底将父亲拖进了毒瘾的深渊。

以后我终于明白，回鹿山三号营子这家药店在当时还是政府指定的唯一一家乡村药店，由于经营者的唯利是图，所谓的阿司匹林脱销，不过是他们为药品擅自加价制造的假象。同时，为了推广利益更大的强痛定片和针剂，他们牟利的手段越来越多。原来，像我父亲一样年纪的乡村老人，由于过分依赖像阿司匹林这样既便宜又镇痛的药物，很多人实际上成了瘾君子，而这两个吃着公家饭，拿着公家钱的药店乡医，就借机大发不义之财。直到我父亲去世，药店还有据说是我父亲欠下的几百元药费。此时这家药店被个人承包了，承包人坑骗百姓的现象更是有恃无恐。尽管那时我已经当兵走了，尽管那时我已经非常清楚这两个人应该得到法律的制裁，起码是道德上的审判，可我后来还是彻底偿还了这笔糊涂账。我是父亲唯一的儿子，无论怎样，父亲死了，父债子还，这是我从小就知道的古训，我不能让地下的父亲过于失望。

更令我痛心的是，二三十年后，在我的家乡，乡医骗人、坑人、害人的程度更到了令人发指的地步。就是当年那个药店，现在的生意越发兴隆了，药店主人老了，他们的子女又继承了父亲的事业，一批又一批像我父亲一样的乡村老人，还在阿司匹林和强痛定的作用下度日如年！

拾伍

身为儿女，我的体会是，千万别轻易指责你的父亲，不论他是个什么样的人。在你离开父亲独自生活前，不论你发现了什么，认识到什么，都会失之孩子式的偏颇；除非有一天，你做了父亲，并且你的儿女已经长大成人，这时，你才有可能具备评说父亲的资格。毫无疑问，在写出这句话之前差不多十几年里，我还纠缠在父亲与毒品的关系中。

其实，已经被镇痛药物控制多年的父亲，很容易就会跌入乡医设下的陷阱。加上失去爱女的痛苦，我的无端退学，母亲绵绵无期的病痛，没有酒精的麻醉，还有什么更好的方式排解父亲的身心重负呢？

更何况，母亲最后一段日子，之所以能够减少些病痛的折磨，父亲的方式何尝不是我乐意看到的？

那时，已经没有任何药物能缓解母亲的憋气和全身肿痛，尽管现在看来，母亲的病在当时并非不治之症，但在那个极端贫困的年代，在缺医少药的乡村，在镇医院住了六十多天的母亲，只有一条路可走：

回家等死。

见母亲难受，父亲就请来乡医给母亲打一针强痛定，母亲果然很舒服地睡着了。看着母亲发紫的嘴唇终于能闭合一会儿了，我高兴得一次次想哭……以后的日子里，母亲除了醒来后吵着要见琴姐外，其他时间，似乎都是在大剂量的强痛定作用下度过的。

1981 年农历五月初五，端午节。

这是琴姐死后的第六十四天。

当我和小哥清早起来，到河边采回一筐艾蒿和薄荷回家时，父亲刚刚点火做饭。

那时，母亲还安静地躺在炕上睡着。

饭好后，父亲让我叫醒母亲。

我走到母亲头上叫了两声，母亲没有动静，再大声叫一回，还是没有反应。我用手推了推母亲露在被子外面的肩头，肩头是冰凉的，母亲整个身体都跟着晃动起来。

母亲就这样不知何时走了。

…………

埋葬完母亲，家里不仅一贫如洗，一个更严重的问题同时突显出来：由于父亲对强痛定等镇痛性药物的需求过大，父亲竟开始变卖家里一切可以变卖的东西。那是北方农村实行农田承包责任制的第二年，刚刚分到家里的几只羊也被父亲卖了。

但是，父亲没有卖掉作为琴的财礼的那只黑头母羊和它繁殖的两只小黑头。

父亲不仅在一年之内成了一个丧女亡妻的倒霉鬼，还成了回鹿山第一个被公认的吸毒者。虽然，那时在我的家乡还没有“吸毒”这个词，但一个“扎针的”恶名还是传开了。一些别有用心的乡民一边鼓动着父亲扎针，一边在后面戳戳点点。

这就是我日后认识的我故乡某一类人——那种恨人有，笑人无的坏习气，不知是与生俱来，还是慢慢养成。反正，我很早就看不惯故乡人了。当我在外面有机会走过其他省份的乡村后，比如湖南的湘西、云南的丽江等，我常常被一些淳朴、憨厚的乡民所打动。于是我想，要是我故乡的人像他们一样该多好啊！当然，有时也往宽处想：或许，故乡人本来是和其他乡村人一样的，很多地方可能还更好，可能是因为我觉得受过伤害，是我的心和眼睛出了问题吧！

不知不觉中，我和小哥长山开始干预父亲的扎针行为，但一切都为时已晚。

更令人不可思议的还是那家药店，他们有一天竟中断了父亲的针剂供应，理由是政府发现了问题，开始干预乡村药物市场。

然后，就有一个乡医向父亲偷偷推荐一种黑色块状物。我断定，见过世面的父亲不可能不知道，这就是俗称大烟的鸦片，但谁又能说，在当时的境况下，一个上瘾的病人能经得住这种东西的诱惑呢？

这是一个故事吗？不相信的人一定会这样问。若干年后，我仍没有力气回答这个问题。有谁会相信呢？在全世界都在打击毒品交易和犯罪的二十一世纪，在我的故乡，不仅早在二十世纪八十年代有，十年前仍有像当年我父亲这样的老人，被强痛定、类似的针剂和“大烟”所控制，而且出现了半公开的鸦片交易。更为可怕的是，这些麻醉神经的药品流向乡村的渠道更宽更广了，并且真假难辨。

在乡民身上发毒品财的人，也不是当年的一个药店和一两个乡医。就在 2000 年冬天，听说一个我认识的乡亲，因为扎了假大烟而烂掉了胳膊，后来竟丢了性命。

而在当年，父亲这种不可饶恕的错误行为就直接导致了另一场悲剧的发生。

这场悲剧的导演是我的大姐荣。

母亲死后，荣不断对我的异父小哥长山进行晓之以理，动之以情的“策反”。

大姐和小哥同母同父，这也许正是小哥更信赖大姐的原因。安葬完母亲半年后，小哥长山正式提出与我和父亲分家单过。

父亲好像早有预料，他平静地劝说小哥留下来。但小哥的去意极为坚定，不可改变。

父亲和我用尽各种办法进行挽留，结果都失败了。固执而有些偏执的小哥异常坚决，任何人都不再可能劝他留下来。

分家的时候，父亲对我说：

“这个家，都是你哥这些年下苦力挣下的，理应由他说了算，他想怎样分，就怎样分，他想要什么，就要什么吧。”

就这样，原本把眼睛瞪得很大的荣很满意，小哥如愿以偿地分到了他想要的东西，包括那匹栗色母马。

在分几只羊时，父亲对小哥说：

“三只黑头就留下吧，那是汉家的羊繁殖的，当年琴喜欢，说黑头羊最好看。”

小哥点点头，答应了。

少得可怜的家产分完后，小哥竟一天都不肯在这个家多待。在当年最后一场秋雨的晚上，他搬到了大姐荣家的西屋。

大姐荣乐了，我却第一次感受到骨肉分离的剧痛。

那天傍晚，在邻人的监督下，一切都已交割清楚，能搬走的小哥都搬走了。最后，小哥和父亲分别在邻人的公证文书上签字，按了手印。

邻人走后，老屋里只剩下了父子三人。

非常奇怪，即便到了这个时刻，我也没有觉得特别难过。分家这两天发生的事情，平静而诡异，一切都恍若在一场梦中。我在心里暗暗告诉自己：这不是真的，这一切都是梦，小哥不会走的，他不会这样离开我和父亲。

天完全黑了，老屋里亮起了灯，外面突然下起雨来。我担心园子里那株向日葵会不会遭到雹子的袭击。这株向日葵晚生了一个多月，个头不高，而且分出大小三个头。别的向日葵落花时，这株三头向日葵才开花。时至深秋，它的花期却还没有过。

菜园子里，还残生着秋尾的其他农作物。越来越大的雨点砸在角瓜叶上、黄瓜叶上、旱烟叶和甜菜叶上，发出一串串玻璃破碎的噼啪声。

秋尾的植物叶子大多枯黄了，它们似乎只等这一场秋雨来彻底摧毁它们，以便完结自己短暂的一生。

父亲一直坐在炕头儿，一个下午都没有下过地。在父亲头顶，那盏小瓦数灯泡散发出橘黄色的光。

父亲一支接一支抽着旱烟，忽蓝忽白的烟雾包围着父亲，烟雾缭绕着，缭绕着，慢慢从父亲的身上、头发里四散开去。

送走了邻人的小哥，在柜边站了片刻，然后默不作声地脱鞋上炕。他从被垛里分拣出自己的被褥、枕头和过冬的棉衣。这些衣物，都是母亲和琴姐生前一针一线拆洗过的。那上面还残留着一家人的气味和暖意。

我坐在炕沿边上，默默地看着这一切，脑袋一阵阵发木，意识一片空白。当小哥把枕头和棉衣卷入被褥时，我像忽然明白了什么，开始害怕，瞬间浑身发冷，冷得几乎打起冷战来。

小哥有条不紊地卷起被褥，夹在右腋下，然后下炕，穿鞋，一声不响地向门口走去。

此时的我好像一下子从梦中惊醒了，猛地跳下炕，同时发出了一声天崩地裂般的哭喊：

“小哥——你——别走……”

但小哥的一只脚已经跨过里屋门槛。我一步抢上来，双手死死拽住被褥一角。

小哥好像很意外，回过头吃惊地看着我，但他仍然没说一句话，也没有停下来的意思，只是夹紧了腋下的被褥。

小哥的态度让我更加恐惧，更加绝望。我一面更大哭声地央求小哥别走，别扔下我，一面回头哀求父亲：

“叔——叔——求你了，求求你了，求你让小哥留下来吧——叔——我求你啦……”

不难想象，我当时的哭喊应该是最无助、最绝望、最凄厉的！然而，小哥并没有动摇，父亲也没有说话，他一动不动地坐在那里，周身被烟雾缠绕着。

于是，我回头继续央求小哥，更加用力地拽住被褥不放。

就这样，小哥在门槛外，我在门槛里，各自抓住被褥一头，他拽过去，我扯回来，他又拽过去，我再扯回来……就这样拉锯一样扯拽了很久很久……

最后的胜利者还是小哥。他总算摆脱了我的纠缠，像逃离魔窟一样消失在院外的秋雨中。

在整个拉拽过程中，父亲一句话也没说。

我追到外屋，如注的大雨阻挡了我。于是我停止喊叫，眼睁睁看着小哥消失在雨雾里。

不知过了多久，我有些站不住了，就倚住风门框努力站着，后来终于支撑不住，出溜着坐在外屋门槛上。泪水没有断，我安静地哭。哭累了，我回到里屋，发现父亲跪在炕上，把臀部高高翘起，头死死顶在山墙上。

往事真不堪回首，一想到当年小哥搬出时的情景，我还是像当年那样心如刀绞。好在，一切都过去了，可喜的是，小哥长山后来终于过上了正常人的生活。他有了妻子和儿子，虽然我知道，小哥心里也清楚，他后来的圆满家庭都是父亲临死前一手促成的，但在这里，我还是想告诉他：

——亲爱的小哥，你当年的决定可能对了，也可能错了，不论对错，伤害是严重的。你不仅伤害了父亲，也深深伤害了一个未成年的小弟！当他拉住你的行李，一边拼命往屋里拽，一边哭着喊让哥哥留下来时，你知道吗？那一刻，一个少年的天空真正塌下来了。在那一刻，小弟真正体会到了骨肉剥离、生不如死的滋味……还有，我想说，亲爱的小哥，尽管到今天我也不知道，父亲在你心中占有什么位置，但我要告诉你：作为继父，我认为父亲是爱你的，特别是琴姐死后，我又小，你成了这个残破之家的顶梁柱。父亲深知你的重要，无论是从生活上，还是情感上，我认为，父亲给予你的要远远多于我。我只说一个细节：在母亲死后那段日子，你上山劳作时，父亲在家做饭，他每天都把最好的饭菜留给你。如果炒一盘鸡蛋，父亲只会夹一片给我，他一口都不肯吃，一直热在锅里，不时加一把火温着……

…………

关于小哥的离去，还有一件小事不得不提，那就是小哥分家时，大姐荣提出要求：“长山从此改回本姓。”也就是说，要改回荣姐父亲的姓。但在这件事儿上，父亲没有同意。

那天，父亲对小哥说：

“别的都行，什么条件我都依你了，只是这个姓，你就别再改了，咱们在一起，待了这么多年，分家别分心。你娘从五岁带你过来，就随了我的姓，琴和城邦一直都倚靠你。你虽不是我亲生的骨血，但毕竟和弟妹一奶同胞，现在，琴也死了，你这一走，城邦心里最难过……要是你把姓也改了，他就越发显得孤单了。我已经老了，身子骨不行了，说不定哪天一死，你弟弟还得你帮助……”

父亲说到这儿，突然停下了，没再往下说。

小哥不置可否。我想，小哥一定是听进了父亲这番话，改姓的事就此放下了。

仔细算来，当年分家的时候，小哥长山已经三十岁，由于本人条件所限，家庭又太贫困，当时还是光棍一条。且不说大姐荣的用心有何不妥，就在乡邻看来，小哥的处境也是堪忧：一个又老又扎针的继父，一个读过几天书，成天满脑子幻想，又不肯下力气劳动的小弟……于小哥来说，这种扛长活的生活似乎永无出头之日！

当然，这种现实，大姐荣看得更清楚。她给小哥的许诺是：只要搬到她家，不出半年，就会给小哥说上媳妇。

大姐的愿望是好的，但不会那么容易实现。小哥在以后几年，就成了大姐家一个能干活的主劳力。大姐这时生下了第六个孩子，头四个都是女孩儿，最小的儿子当时只有一岁多。小哥长山的入伙，实实在在弥补了大姐家劳力不足的缺憾。

坦率地讲，现在，我一点都不怨恨小哥当年的离去，他没有任何错误，是我和父亲让他对一个家庭失去了信心。当然，我也没有丝毫指责荣和雨生夫妇的意思，他们无论如何都是我的亲人，尤其是姐夫雨生，在琴死后，他实际成了我唯一的姐夫。在我当兵前的生活中，他不但弥补了大姐荣作为亲人对我的某些怠慢，从亲情上给我以抚慰，而且还在父亲离世之后，用他长兄般的方式教我如何做人。现在，雨生已经是一个七十岁的老人了，他有了两个孙子、两个外孙、四个外孙女，是名副其实的子孙满堂！在这里，我应该先向雨生姐夫鞠躬致敬：

——亲爱的雨生姐夫，您是我心中最勤劳朴实的亲人，也是父亲一生的知己，我永生难忘你对我们的好处！

拾陆

有人说，出生在二十世纪六七十年代的人，既是不幸的一代，也是有幸的一代。说不幸，是因为，他们在襁褓或懵懂无知的童年生活中度过了一个特殊的时代，人们只允许有一种思想，物质生活极度困苦；说有幸，因为那是另一种伟大的时代，中国人灵魂与肉体的幸与不幸都由他们的父母来承担了。渐渐地，我已经不大相信，会有多少人体悟到时代生活的烙印。

像受到了某个巫师的诅咒，1981 年在我的人生旅程中意义特殊。那一年，我连遭厄运，真可谓一年之内家破人亡。

说到灵魂的顿悟，我承认，即使琴姐自杀、母亲亡故和自己的辍学，都没真正触动我混沌的心，更遑论关于生活和命运的思考，但小哥的搬走，给了我最沉重的一击。

小哥搬走那晚，父亲一根接一根吸着旱烟，这真是一个漫漫长夜。我一直被悲伤包围着，几乎流干了眼泪。我很想让自己马上想透小哥

《夏山雨霁》

玲珑彩瓷板画 | 46cm×46cm | 侯恕人作 | 2023 年

* 微风常常从南面吹来，但西北风后，乌云漫过山巅。回鹿山的雨说来就来。

搬走的真正原因，然后一遍遍设想着，此时的小哥，会不会也像我这样伤心、落泪，辗转反侧？如果是，小哥明天会突然回来吗？一想到小哥此时也许正像我一样因分离而暗暗哭泣，我的心就一阵阵绞痛。

我再次嘤嘤地哭出声来，一遍又一遍。

天快亮的时候，下了一夜的雨停了。父亲掐灭烟头，转过身，轻声对我说：

“天快亮了。你不睡一会儿，要生病的。”

父亲的开口，仿佛让我一下子找到了问题的答案，我突然坐起来，对父亲大声喊道：

“你少管我，要睡你自己睡吧！还不是因为你，要是你不扎针，我小哥也不会走！”

说完这句话，我的嘴唇有点发麻，上下牙齿开始打架，毕竟，这是有生以来，我第一次如此不敬地对父亲说话，况且，这句话的威力简直就像一颗炸弹。

父亲虽然是老来得子，但在我的印象中，似乎没有什么具体事情证明他多么疼爱我，倒是遭他痛打的记忆深刻。事实上，我一直是惧怕父亲的。现在，我的儿子已经二十岁了，他毫无二致地延续了我的过去，他用自己的体会向他母亲陈述与我的关系：恐惧。

可是，父亲并没像我担心的那样愤怒起来。他只是看了我片刻，表情疲惫，目光游离，然后才说：

“你哥愿意走，那就让他走吧，你还小，有些事情你还不懂，他迟早是要走的……”

父亲的平静给了我勇气，我立即打断他的话：

“骗人去吧，我小哥就是因为你扎针才走的，他根本不愿意走。再说，我不是小孩子了，我知道怎么回事！”

父亲不再说什么，他别过脸去，下意识地到烟笸里捏烟，但烟笸已经空了。父亲抽回手，然后深深地把头低下了。

这是我第一次以对峙的方式和勇气与父亲交流对事物的看法。当父亲低下头那一刻，我突然觉得自己已经长大成人了，懂得了人情世故，能看透事情的本质，甚至能够预知未来。于是，我不再悲伤和委屈，浑身立刻充满了力量。此时的父亲在我眼里，已经不再是一座山，而我变成了山的顶峰，我俯瞰平原、河流和沟谷，整个世界仿佛都在我的脚下，一切的一切都被我控制了。

其实，那一年我不过十五岁。

这次家庭变故，像我生命历程中的一颗彗星，划破我少年混沌的天空。无论再过多少年，再回首那个夜晚发生的一切，我仍能听到自己落泪的声音，就像一棵谷子在暗夜抽穗时发出的声音一样，也像菜园中那株晚生的向日葵，当秋雨落在它的花瓣上时，它的反应细微、隐忍而迟钝。虽然，当初我并不具备叙述和解释心灵状态的能力，也没有经验分析我所经历的一切，但是，在那个夜晚，我毕竟开始觉悟了，而这觉悟的前提是试图分析一件事情的内在联系，当这种分析持续到今天时，我认为，父亲当时所说的小哥“迟早是要走的”这句话，并不是我理解的那种因为小哥不是父亲亲生才会发生的事儿，父亲实在是说出了一句最富哲理的话——儿子总要离开家独立生活，一个男人成熟的标志，就是离家。

不仅小哥迟早要走，就连我这个亲生儿子也迟早要走的——而且，果然走了，一走就走得这样远，这样久……现在想来，父亲早就认识到了这一点，所以，尽管痛苦，却能坦然面对。

关于小哥当年的出走，如果进一步分析下去，还会发现有另一种东西隐藏在背后——当时我的悲伤成分，主要是由于多年与小哥生活在一起建立起的兄弟感情，但我不得不羞愧地承认，之所以连母亲去世都没让我如此悲伤和绝望，完全是由自私、惜力和对未来生活没有信心引起的恐惧所致，只不过，我当时意识不到这一点罢了。道理很简单，当时的土地已经承包到户，家家分有农田、草场，而我这个虽生于乡村长于草原的孩子，除了喜欢读书和幻想外，没有任何自食其力的能力，也没做这方面的心理准备，更没有树立起一种自强不息的信心。当面对母亲突然去世，父亲又年老体迈时，我并不太担心自己的生活，因为，我有一个年富力强的小哥，他的勤劳和憨厚有目共睹。有他在，我仍然还是一个处处受到娇宠的小弟，一个常常以哭泣和告状对待哥哥的小弟。

然而，残酷的现实突然摆在眼前：小哥这个撑天的柱石倒了，在巨大的惊恐、绝望之后，我除了悲伤，差不多是愤怒和仇恨了！

遗憾的是，我当时根本没有意识到这一点。我终于找到了迁怒的对象，那就是年老多病还扎针的父亲。

如果说，如今我在某些时候和某些私欲面前，还能想到妻子、儿子和其他亲人的感受时，那么，在我刚开始思索人生几何的阶段，我从没站在父亲和小哥的立场上思考问题。由此可以看出人性自私的一面；自我、本能的欲望并不因为你懂事才变得微弱，也不因为你不懂事而变得微弱。人在青少年时代，不论生活多么贫困，但只要你一直得到亲人无微不至的关爱，你在获得关爱的同时，也在强化自私的本能，这种神不知鬼不觉的强化，在生活一旦出现变故，而这变故明显对自己不利的时候，就会爆发出来。就像当年的我那样，甚或超过我，走向更可怕的极端。

就在那个黎明，当我击败父亲，让他把头深深低下后，我那颗跳动得异常复杂的心终于平静下来，我很快就睡着了。

拾柴

小哥走了，我和父亲共同度过了一个漫长冬季。这也是我直面现实生活的开始。

从古到今，故乡民众的主粮是小米、莜麦、荞麦和土豆。分家时，小哥分走了一部分粮食，但他没有听从大姐的建议，去分掉大门口那垛柴火。

小哥长山把那垛已经干透的陈年柴火，全部留给了我和父亲。

这是相当重要的一件事情，它说明小哥对我和父亲的感情——父亲因为残了一只手，农活中除了能单手扶犁外，很难再做到上山砍柴。而我除了跟小哥上山玩耍，偶尔背回一小捆柴火外，对锯树砍柴这样的体力活几乎一无所能。多少年来，我家的烧柴，一直是小哥解决的事情。关于小哥砍柴背柴的情景，是我故乡底片中最清晰的暗影，当时间的显影液发挥作用时，当年的小哥和故乡的山川景物犹在眼前。

在我还小的时候，小哥上山砍柴就常常带着我，而我的兴趣和任务是捉雪松鼠，或寻找小哥事先下在丛林里的套子。

故乡的野鸡和兔子很多，每到冬天，小哥就用马尾长毛捻成细绳做套子来套野鸡。套兔子的套子不能用马尾，得用精细的铁丝。小哥不是猎手，但他比猎手还熟悉野鸡和兔子的习性和行踪，因此，套住野味的机会很多。

我说过，小哥是个不足一米五的矮子，但他非常有力气，能背起柴垛一样的榛柴捆——从后面远远看去，只见一座小山缓缓地向前移动。渐渐地，小哥的两截小腿从柴捆下面显露出来，他迈着坚实的步子，在山坡或雪路上走着，咯吱咯吱！咯吱咯吱！小哥的脚步沉重而稳健，这几乎是我童年整个冬天的印象。

砍柴是要流汗的，但背柴时流的汗会更多。因为小哥的柴捆很大很沉，一旦背起来，中途是不能停歇的，否则就很难再站起来。就这样，汗水不断地从小哥脸上流进他的脖子，但小哥凭着惊人的耐力，一步步坚定、缓慢地向家走去。当他在院外訇然放倒柴捆时，整个营子都能听到一座山倒下的声音。这时的小哥，常常仰躺在柴捆上，并不急于把双臂从背绳里解放出来，而是两脚着地，弓着膝舒舒服服地仰躺在柴捆上，好好歇上几分钟，然后再抽出双臂。小哥站起来，用袖口横擦几把脸上的汗水，浑身上下就蒸腾起一股白雾——汗水在阳光和冷风的作用下，让小哥很快变得热气腾腾起来。

在草原和森林的交界地带，听起来烧柴不成问题，实际上，由于一代又一代人的乱砍滥伐，到了二十世纪七八十年代，回鹿山周围的柞树、白桦、椴树几乎被砍光了。为了保证一年的烧柴，大雪封山的整个冬天，乡民都得到更远一些的响水砍榛柴。响水因为有水声而得名——有一条山溪突然从高岩跌落，形成一个几十米高的瀑布，这是一条非常深的山谷，从山谷的尽头到七号营子口，足有五公里。

粮食的一天天减少是没有办法的事儿。那时，虽然包产到户，但由于山高地薄，早晚温差大，谷子和莜麦几乎年年歉收。另外的因素是，当地政府在土地承包前两年，对亩产量估计过高，缴完公粮，乡民的吃食已经所剩无几。如此少得可怜的口粮，要让全家人度过一个漫长的冬季，是一件非常不容易的事情，但当地的农牧民，没有人找到严重缺粮的真正原因。他们一辈子逆来顺受，两辈子逆来顺受，甚至三辈子逆来顺受，随遇而安！乡亲们年复一年地寄希望于来年的收成能好些——干旱适度，自己多积肥，多施肥，勤劳动，以便有个好收成。然而，这最低的粮产要求多半也会落空，一次返春寒，一场冰雹，一场大雨，一次早霜，一次狂风，一次早冻，其中任何一次天公变脸，都会导致乡民挨饿。于是，在每年的春耕时节，百分之八十的民户只有窖存的土豆和着白开水度日了。有的人家，竟连留着做种子的土豆也吃光了。

或许有人会问：回鹿山属塞北高原地带，到处是草场和森林，这样的天然牧场，为什么不发展牧业，买卖牛羊致富？这正是我要提出的问题。一个像回鹿山这样落后地区的经济，要脱贫，要发展，到底走一种什么样的发展模式，有什么样的中长远规划？直到改革开放三十年后的 2010 年，当地政府也没有找到切实可行的答案。很显然，像这种山高地薄的地方，以农养农的办法是不行的，俗语说：茂密的林木下面，不会有丰美的青草；大块的石头中间，不会有良好的禾苗。高山是石头垒起来的，石头多土壤就薄，这是自然科学证明了的。那么，就发展牧业，或者以林业为主怎样？结果当地政府的政策一年一变，今年强调牧业，明年又强调林业，后年又提倡开荒种地，两年前还要求保护耕地，三年后又强制农民退耕还林……

毫不夸张地说，二十一世纪的前二十年，回鹿山一带的民众，仍在这种摇摆不定的经济模式中苦苦挣扎着，贫穷落后一刻也没有离开过他们。

2000年大年三十的晚上，当我来到当年的邻居李家时，发现他们的穿着、他们的年饭和他们的眼神与二十多年前一模一样，唯一不同的是，当年李家那五个年轻的光棍，已经变成老光棍了！他们的脸上多了无数道沟壑，沟壑里泥土增加了。李家那三间草房也像我家的老屋那样，摇摇欲坠。还有，我看到他们一家八口人团团围坐的饭桌上，竟没有一道荤菜，没有一只酒杯。要知道，即使在二十世纪七八十年代，故乡的年三十晚上，人们也是要喝两盅烧酒的，虽然那时的粮食酒要一块钱一斤……这时，陪在一旁的雨生告诉我，李家兄弟五人因为都老了，一直没有到山外去打工挣钱，与有民工的家庭相比，他们显得比原来更穷了。

雨生随后告诉我，这些年过春节，很难看到谁家有青壮年了，都在外面下煤窑、搞建筑、烧板砖、捡垃圾去了。他们扔下老人和孩子，领着老婆到外地打工，然后把生在外面的孩子送回来寄养。不论男孩女孩，最好的也只是读完初中，有的仅读完小学就出去打工挣钱……

姐夫雨生谈这个话题时，语气不带一丝褒贬。雨生重男轻女思想严重，好像一辈子都不相信知识改变命运。他说：

“还和过去一个样儿，念书有什么用？只能把自个儿念懒了，念得游手好闲，逃避体力劳动。”

雨生又说：“这年景，就是上大学也没用，上营子张老师的老儿子，不是上了大学？还是北京的大学，结果上完大学，家里卖牛卖马，拉了一屁股两眼子饥荒，如今还不是照样找不到工作？听说常年在北京城里游荡，靠给道上的司机塞卖房子的纸片生活……”

突然，雨生打住话头，说：

“要说念书全没用，也不对，那得看是啥人！你的书就没白念！”

雨生是怕我联想到从前。随即，他话锋一转：

“他姥爷这人，明白人啊，谁也比不了！当年让你当兵，我就不同意，现在看来，他是对的。如今你成事了，要不是他寿命短，现在也该享享福了。”

听了此话，我的心好酸好沉。姐夫雨生毕竟是父亲一生的朋友，他是真佩服父亲有远见，可惜，他一辈子也没有学到父亲的远见。在知识改变命运、科学强国、男女平等、儿女婚嫁等重大问题上，雨生的短见历历可数。毫无疑问，当兵改变了我的生活，但我也常想：走过烽火硝烟的父亲，难道真希望他的儿子靠跻身行伍改变命运吗？

从李家出来，我和雨生都不再说什么。不知不觉中，我们已经站在我家当年垛柴火的地方。

柴垛早不见了，这里变成了李家一个粪坑，但我的老屋还在。由于多年闲置，没人居住，院墙残破不堪，老屋摇摇欲坠。

我再次想起那个漫长的冬天。

拾捌

在担心粮食吃不到年关的同时，眼见着小哥留下的那垛柴火也一天天消瘦下去，我的心也随之沉重起来。

要知道，那时的乡民，穷富的差距还不太明显，但穷富的标志约定俗成。标志一，看是否豢养一只强壮有力的狗，如果是一只肥硕而妩媚的母狗，更说明此乃殷实人家；标志二，每家院里院外柴垛的大小。如果谁家的新柴垛大，或旧柴垛未动，新柴垛又起，这就预示着这家日子的红火和富足；门口柴垛小或没有柴垛的，注定是穷困潦倒的人家。

一只四眼狗是我童年的最好朋友。它是条公狗，威武有力，曾护佑着我爬遍故乡的山山水水。然而，在“文革”后期，在父亲被撤掉生产队长，并被刘战踢下土台摔断胳膊之前的某一天，父亲和小哥在我家房前生产队的羊圈栅栏上吊死了四眼。

那是一个时令初冬、飘着清雪的早晨，我被一声声凄惨的哀嚎惊醒。当我透过结霜的玻璃窗向外张望时，只看到四眼在高高的栅栏上做最后一次挣扎。我光着脚疯一般奔出屋去，已经晚了，父亲刚把一瓢凉水给四眼灌下去。洁白的雪地上，顿时有四眼喷溅出的血滴洇漫开来，像朵朵怒放的梅花……那真是一个令人哀婉的时代——为了响应国家号召，为了节省粮食，公社武装部长带领打狗队，逐个营子展开游击战……人类最忠实的朋友一夜间几近灭迹。这在北方草原，特别是在满洲人聚居地，空前绝后的灭狗运动让多少人的心灵遭受重创。后来，我在《我与狗儿的情感生活》一书的序言里，流着泪描述了四眼惨遭屠戮时的情景。

也许，我确实悟到了这一点，所以，一见到自己家的柴垛渐渐小下去，天性敏感的我其烦躁的心情与不想砍柴劳作的念头就胡乱交织在一起，汇成了一股异常矛盾、挣扎和疼痛的溪流，时时涤荡着我的神经。那种害怕没柴烧的恐惧，甚至超过了没粮吃的恐惧。

一天早晨，父亲并没有叫醒我。往日这时，他会把饭做好，然后叫我起来吃饭。那天，我睡到自然醒，睁开眼睛，发现父亲不在，屋里空荡荡的。

接近中午的时候，父亲背着一捆干柴回来了。这是一捆杨树、桦树和柞树的枯枝。我知道，这种枯枝只有在较远的响水杂树林中才会捡到，而这时的阴坡树林中，积雪没膝。

我略微有一丝恐慌。显然，我已经意识到，自己是成人了，再没有理由躺在炕上等吃等喝，而让有一只残手的父亲上山捡柴，那一刻，良心真的很不安。

我一声不响地到外屋生火，想做一顿饭来弥补这次过失。但就在我将灶火点着时，我发现父亲回到西屋，然后悄悄把门关上了。

我不觉心动了一下，蹑手蹑脚地走过去，贴近门缝向里一看，只见父亲从炕席底下拿出一支玻璃管注射器，正准备向自己的残臂注射药剂——这之前，我偶尔也会看到这种情景。

一股怒火突然冒上来，我将手里的水瓢远远地掷向旁边的水缸，已经裂了一条缝的葫芦瓢落到冰冻的缸面上，发出了一声瓷器破碎般的声响。正在聚精会神注射的父亲被吓了一跳。但父亲只是愣了一下，回头扫了一眼虚掩的门，并没有停止注射，也没有马上走出来。

我决定不做这顿饭，反身回到东屋，拿起炕上那本《第二次握手》哗哗地翻起来。这是我辍学前最喜欢的一部小说，也是爱情的第一次启蒙。

那时，我已经是第四遍读这部小说了。从此，我心里永远铭记了一个叫丁洁琼的姑娘，她绯红的脸颊、百媚千回的丹凤眼很长时间都是我心中女性的最美（在以后的生活中我发现，长着丹凤眼的女人都是单眼皮。后来，我还是选了大眼睛双眼皮的苹果脸做了妻子）。

灶膛里那把柴火渐渐熄灭，父亲一声不响地从西屋出来，躬身往灶膛续上柴火，然后开始刷锅做饭。

饭好了，父亲把碗筷一一拿上来，动作很轻，担惊受怕似的。

我一直背对着父亲，心里也有些忐忑。

这时，父亲转身放下门帘说：

“吃吧，一会儿该凉了。”

我看了一眼父亲，发现父亲眼里非但没有我小时候那种令人惧怕的严厉目光，反而多了一种躲躲闪闪的东西。在父亲的再一次催促下，我端起饭碗。可是不知为什么，就在我端起碗那一刻，一股巨大的委屈和伤感包围了我。我强忍着，但没有忍住，豆大的泪珠一声不响地滚到碗里……

都说爱哭的男人没志气，我恰好是这样一个人。记得小时候，如果琴姐或小哥哪个招惹了我，特别是在吃饭的时候，只要琴姐用目光制止我夹菜，我就立刻这样无声地哭起来。这时母亲就会摔下筷子，拉过我说：“不吃了，都让他们吃。吃吃吃，撑死他们！”然后开始骂琴。骂得重了，琴也会哭起来，因为琴其实没错，她只想让家里每个人都能吃到那个菜。琴一哭，父亲多半会发怒，他丢下碗筷，开始追打我。这时小哥和母亲就拼命拦住，一场家庭的罗圈仗就开始了。可是现在，父亲看到我的眼泪，竟一点责怪的意思也没有，他只是默默地吃完饭，然后低眉顺眼地溜到西屋去了。

说起来难以置信，现在，我几乎每天都能看到父亲那种目光，对，就是那种低眉顺眼的目光，但这目光来自我的儿子。

由于儿子不爱学习，数理化成绩很差，又常常做错事（其实只是玩心太重，未必都是错事），又非常怕我，每每在我面前，就会流露出和他爷爷当年一模一样的眼神。像，简直像极了！每当此时，我总是无奈地叹口气，接下来我会躲进书房反思一下自己："难道，我真的比父亲和儿子更优秀吗？我这种自以为是的秉性，何时能得到校正？"

那天晚上，父亲为我仔细准备了一条麻绳和一把镰刀，然后摘下一直挂在西屋山墙上的那支火枪。这是父亲拼着命保存下来的旧物。"文革"之后的乡村草原，枪支管得很严。虽然是一支装铁砂的猎枪，但父亲对枪的痴迷大有不计生死的劲头，这依稀能暴露一丝他与战争的关系。

记得我很小的时候，父亲常常把打伤活捉的野鸡提回来，用一根细绳捆住野鸡的两个翅膀给我当玩物。我说过，父亲是非常好的猎手，他虽然不是专职猎人，但猎人都羡慕父亲的胆量和枪法，可是不知为什么，某一天，父亲突然挂起了那支火枪，不再进山打猎了。

看着父亲仔细擦拭火枪的神情，我以为，父亲又要打猎了，一阵欣喜不觉掠过心际。正激动间，那支枪却从父亲不太好使的胳膊上出溜下来，枪口砰的一声杵到墙上。失望的情绪立刻胜过了欣喜——父亲已经错过了一个猎手的最佳年龄，他已经算个真正的老人了。

“还能用吗？”我小声问父亲。

这看似是问枪还能用与否的问题，实际包含着我对父亲年老的深深失望和不满。

父亲说，能用，这是一支好枪。营子里很多猎手都希望得到这支枪，但父亲从没想到过交出去或卖掉它。

“原来以为你小哥会喜欢，可他没兴趣。”父亲说，“你从小聪明，喜欢上学，乡邻们都说你念书能念出前程，我也这么看，就没打算教你一些谋生的办法。现在不行了，你得学会一些技能，明天，咱爷儿俩上山，一边砍柴，一边碰碰运气，说不定你以后会成为一个猎人。”

我果然又高兴起来，我痛痛快快地说：

“太好啦，说不定，明天就能打到一只兔子。”不过我马上又懊丧起来，“可惜，现在的兔子不多了！”

父亲说：

“不碍事儿，猎物不多才会锻炼出好猎人。只要你学会了用枪，能打到兔子，过年时的肉食就有了。”

片刻，父亲突然换了另一种口气，说：

“存粮不多了，烧柴也不多了，但日子还得过下去。”

停顿一下，父亲又说：

“粮食一年只一季，收成好赖，是咱们没办法预测的事儿，但山还在，有山就有树，有树就有烧柴，哪怕远点儿、难点儿，也得先把烧柴解决了。你哥留给咱这垛柴火，要省着烧。一来，明年闰年，是个长夏，柴用得多；二来，这个柴垛是一个情分，多留一天就多一天念想……”

我暗暗点头儿。听到父亲的“念想”，我再次想到了小哥，眼睛不觉又酸涩起来。

大姐荣家，虽然与我家近在咫尺，但自从小哥搬过去后，兄弟间像远隔了千山万水。而更奇怪的是，我似乎很久没有见到小哥了，仿佛他在哪一天突然离开了回鹿山，离开了故乡。其实不然，小哥仍像从前一样，每天早出晚归，他就活动在我的周围，可像鬼打墙似的，让我对他视而不见。这种恍若隔世的感觉，至今让我百思不解。

第二天一早，父亲早早叫醒了我。在清理完脑子出现的片刻空白后，我揉了揉惺忪的眼睛爬起来。随后，我拿起父亲为我准备好的绳子和镰刀，随父亲出门。

父亲背着火枪，我背镰刀绳子，父子俩一前一后向响水走去。

拾玖

谁要说劳动创造了美，理论上我同意，但谁要说劳动就是快乐，我就要谨慎地说：任何一个劳动者，特别是体力劳动者，要想在劳动中体会到快乐（不唯劳动后肉体放松后的快乐，更有理解劳动于生命的重大意义），那需要一个较长的过程。特别是对于一个从来就没劳动过，也不想劳动，不愿意劳动的少年来说，每流一滴汗水，都会有两滴泪水做补偿。

人的这种惰性，跟生于贫富家庭关系不大。穷人的孩子同样会养成“娇骄”二气的，我不就是一个很好的例证吗？好在，如今一想到当年对劳动的厌恶和恐惧，立刻觉得自己仍残存着好逸恶劳、得过且过的恶习，于是赶紧握起笔，或抓起一本书来读——读书和写作是我的工作——世界上还有比这样的劳动更清闲自在的吗？当我觉得编辑工作辛苦无聊时，我常常这样诘问自己。

鲁迅先生在《我们现在怎样做父亲》一文中曾有一句名言，希望天下的父亲“自己背着因袭的重担，肩住了黑暗的闸门，放他们（子女）到宽阔光明的地方去”。先生所指的父亲，往往是指作为知识分子的父亲，但要让一个农民父亲“肩住黑暗的闸门”，放孩子到光明的地方去，一般是不大容易的。在我看来，先生这篇关乎中国人伦常理、批判父权害人的名篇中，美中不足的是，没有关涉到一个父亲该怎样让子女认识劳动、热爱劳动和理解劳动，毕竟，劳动是人类生存和发展的第一要义。

我父亲当然不是先哲。由于他自己吃了没有文化的亏，就希望我用读书改变命运，结果一味地迁就我的懒惰和空想，这在客观上助长了我的好逸恶劳。但在那个冬天，父亲终于意识到一种危险：一个没有毅力读书的少年，必定是一个没有毅力劳动的少年，既然读书没有改变命运，那就必须让这个生于贫困之家，却被娇生惯养的少年面对现实——真实地面对草原、森林、沟谷和劳动。

应该说，父亲带着我砍柴的头几天还是挺新鲜的。砍柴虽然又苦又累，但还有一支枪作为神奇的诱惑和精神娱乐。可是，随着两个猎手多天一无所获，火枪在我眼里，不但失去了神性的光泽，反倒成为增加负重的累赘——背起一捆柴，再抱着一支十几斤重的火枪，我发现，乡亲们的目光里就多了一丝嘲讽的意味。

父亲对此却视而不见，他一如既往地按着自己的想法行事。

又一天早起，外面下了一层薄薄的清雪。父亲到院子里张望一回，进屋对我说：

“后山有只野鸡，走，我们去试试运气。”

我立即兴奋起来，顾不得擦掉眼屎，急忙穿戴整齐，然后跟着父亲绕过大半个营子，向后山进发。

在离那块莜麦地还很远的坡地，父亲突然放慢了脚步。

父亲把身子弯下来，用手势示意我猫腰。我照办了，心怦怦地狂跳不止，但我并没有发现野鸡在哪里。

又向前挪了几步，父亲就不让我跟着向前走了。我原地蹲下来，看着父亲用一只好手顺拖着火枪，沿着夏天被山洪冲出的水沟慢慢向坡上匍匐移动。

为了利用雪地做掩护，父亲那天反穿着一件羊皮袄，长长的山羊毛是白色的，被微风拂动着，像波动的水纹。父亲慢慢蠕动的样子很滑稽，也很揪人心。

父亲终于接近了那块莜麦地，最后，在地下沿的土坎下慢慢蹲起来。直到这时，我还没看清，莜麦地里几个黑乎乎的东西到底哪个是野鸡，哪个是石头。但我知道，野鸡是异常警觉的野禽，平时在雪地里觅食时，它们常常选择在裸露的石头边上，而且移动缓慢，一旦感觉异样，它们会就地伏下来，缩起脖子一动不动。在平常人眼里，它们也许就是一块凝固的石头，然而，再高明的野兽也逃脱不了猎人的眼睛。

父亲弓着的腰缓慢地挺直，就在我担心他的残臂能否托平枪管时，一股淡淡的白色烟雾突然在父亲头上升起来，紧接着，火枪沉闷的声音才传过来。

一只野鸡像炮弹一样，倏然拔地而起，直直射向半空。这只体形硕大、羽毛艳丽的公野鸡一旦脱离了黑色的土地，立刻在空中展示出五彩夺目的羽身。

中弹的野鸡在空中翻了几个跟头，就直直地摔在雪地上。

我紧张得差点尿了裤子，一见野鸡中弹，忍不住兴奋地大叫一声，飞快地奔过去……在这短短的几秒钟里，我目睹了父亲作为一个猎手的完美猎杀。尤其是在这初冬的早晨，当我看到那只鲜艳的野鸡在朝阳的辉映下，在半空中幻化出五彩缤纷的光泽时，我怦怦狂跳的心，立即从紧张、兴奋变成了难以抑制的狂喜和自豪。

我们胜利而归。

路上，父亲告诉我，野鸡被击中后，如果直冲上天，说明有一粒铁砂正好击中了鸡胗。

我问：

“为什么打在鸡胗上，它才会笔直地向天上冲？”

父亲摇摇头说：

“说不好，可能那是它最疼的地方吧！”

尽管我对父亲的回答不满意，但在那个有些寒冷，又有些残酷的早晨，在茫茫的雪路上，还是留下了一个儿子欢快的脚印。

以后，这支火枪就常常被我抱在怀里。可是，一连十几天，都没有发现猎物。有时碰巧遇到一只野鸡或兔子，还没等我端起枪，它们就轻轻松松地逃走了。

每当这时，父亲就对我说，要想打中猎物，举枪击发的速度是关键，你必须以最快的速度出枪、瞄准并扣动扳机。

我问父亲：

“这要多快？”

父亲说：

“所有动作必须在吸半口气的同时完成，否则你不会打中它。”

父亲果然是一个战士！即使他的左臂是残废的，还是能用残臂托起枪管，瞬间击发。我希望自己能成为一个优秀士兵，哪怕中弹倒下的同时，还能举枪射击，并把最后一颗子弹射入侵略者的心脏。

然而，另一个有雪的早上，一只兔子突然从我脚下的雪窝里跳出来，向山下狂奔，我按父亲的教导举枪，慌忙向兔子扣动了扳机。

只听嗵的一声，一股蓝烟在我眼前散去。不知是火枪后坐力量太大，还是被巨响吓了一跳，我一屁股跌坐在雪地上。

那只肥硕的灰兔像舞台上的明星舞者，在欢快的音乐声中，跳跃着消失在雪山背后。

我看见，父亲从隐蔽处走出来，他张大嘴巴无声地乐了。

父亲是个天生不爱笑的人，即便笑了，也不会出声，但他的笑很感染人，让人觉得那是发自内心深处的笑。特别是琴姐和母亲死后，父亲好像再也没有笑过。这时候，父亲的牙齿已经掉了几颗，这次开心的笑，暴露了父亲黑洞洞的门牙缺口，这让我再次看见父亲切实的衰老。

兔子安全逃脱了，而我的牙齿嗒嗒直响，心怦怦地狂跳不止。父亲走过来拉起我，说：

“行了，你下次就能打到兔子了。”

我并没有理解父亲此话的真实意思。回到家后，父亲进一步解释说：

“你已经有了速度，剩下的就差瞄准目标，稳住自己的呼吸了。”

停顿一下，父亲突然又说：

“战场上也一样，临战时的情绪非常重要。交火前，每个人都会很紧张，很害怕，但仗一打起来，子弹在耳边滑过几次，心倒定下来，就什么也不怕了。”

我没有接着父亲的话头追问下去，我以为，父亲还是在教我怎样打到兔子。现在想来，这是我了解父亲那段军旅生活的最好一次机会，但我又错过了。

两年后，我成了当地一名年轻的猎手。在鹌鹑、野鸡、狍子、雪鹿、野猪和其他野生动物越来越少的当年，我不但猎到过野鸡、狍子等，竟还猎到过野猪。但是，非常奇怪，直到我正式结束狩猎生活，从来没有打到过一只兔子，这匪夷所思，连父亲也觉得不可思议。

这期间，父亲常常在我猎有所获时说，打猎绝不是为了好玩儿，这是一件很苦很累的差事，就像砍柴、种地、刈草和放牧一样。打猎是为了改善生活，为了活下去。

有一次，父亲的话锋一转：

“山里的日子没有天日。最要紧的，这里的山越来越薄了，林木一天天减少，草场渐渐被洪水冲垮，不出多少年，不要说动物，就是人也难以生存了。”

我若有所思，看了一眼白雪皑皑的远山，在目之所及的地方，还有不多的柞树林，偶尔一两株柞树的枝丫上，还残留着金黄色的枯叶。顺着父亲的思路，我似乎看到了不久的未来——这里已经没有了生命迹象，草木成灰，黄沙蔽日……我的心立即有一种嗞嗞作响的疼痛。恍惚中，我好像已经离开故乡很久，此时，正站在一个不知名的楼台琼阁上，忧伤地注视着这里，无比怀念这生我养我的地方。

父亲还说，早些年并不这样，大家都注意保护山，保护水。至于何时在何处伐树育林、何时围猎、何时赶场打草都是有规矩的。父亲当队长那些年，伐树之后，必须育林，栽下小树，伐一棵，要补两棵，这样，虽然乡民很受累，父亲也得罪了不少人，可现在看来，当年的做法是正确的……如今却不同了，资源共享，经济开放了，人的思想和心也解放了！现在，人人跑马圈地，除了你争我夺，谁都有权在自己的承包地界任意胡为，这样下去，坐吃山空的日子不远了。

看着老队长忧心忡忡的样子，我说：

“往后，政策也许会变的。”

父亲说：

“变是对的，不变就不会有新事物，但是，就怕变来变去。要万变不离其宗，不论怎样变，得有个长远的大章法。改变穷，要致富，要紧的是因地制宜，要有人真正为这山这水负起责任来。可是你看，现在谁还想集体的事情？谁还关心大家的事情？！”

再一次说到乡村的前景和未来时，父亲突然说：

“这也许就是人们常说的，看《三国》掉眼泪，替古人担忧吧！

好啦，我们不说这些没用的话了，现在，我最担心的，还是你。你小哥走后这些天，我天天睡不着，想来想去还是我的错，没有好好让你学到干活的本事。现在你应该知道，在这个问题上，我其实是偏心的，与长山相比，总觉得你和琴应该读书读出个前程，尤其是你，从小人们就夸你念书用功，灵头，可现在，我终于明白，如果读书半途而废，却既害人又害己。你琴姐要是不念书，也不会对前程那样绝望；你要是不念书，现在也许和军一样，靠下力干活，娶了媳妇成了家……”

这是父亲第一次主动提到杨木匠家的儿子军。父亲的语调平和，却饱含赞美之意。

父亲最后说：

“有一句话，我要特别提醒你，别看从前人们那样待见你，那是因为你还是个孩子，念书又好，但往后的苦日子，你能不能做好打算，你得自己拿个谱啦。冬天一过，春种就开始了，我们不能在大家的眼皮底下，把承包地撂荒。要是你还想继续念书，我会想办法供你。无论如何，你得明白，要想有前程，必须走出这座山，但是，通往山外的路不多啊！如果念书不成，还有一条路，就是当兵，但我思来想去，还是下策，古语说，‘好铁不捻钉，好男不当兵’。当兵干啥，扛枪杀人啊，有的人该杀，像侵占中国的日本鬼子，你不杀他，咱就是亡国奴！可有的人，也许不该杀。”

我的心动了一下，但一想到原来辍学时，对老师和同学们的决绝态度，一想到父亲的药费和家徒四壁的窘境，我的心再一次沉重起来。

父亲立即看懂了我的心思，然后试探着说：

“要不，过两天我去找找你三大，和他商量一下，或许能有别的办法。”

我轻轻地点了点头。

贰拾

习惯成自然，这句话千真万确。对于艺术家而言，天赋和后天的培养，加上自己的努力是成功的要诀，可对于一个要下力气劳动的人来说，没有什么天赋可言，而培养又何其困难。

那个冬天的砍柴经历不堪回忆。数九寒天的春节前，我家的门前，不但没有我所期望的那样增加一个新柴垛，反而烧掉了一些老柴。小哥留下的柴火眼看着快烧光了。但满手血疱和钻心的疼痛，还是击垮了我某一时刻树立起来的“劳动创造财富”的信心。

我终于不知羞耻地向劳苦和汗水妥协了。

父亲在春节后去了五道川三伯家一趟。回来告诉我，三伯同意我年后到五道川城子中学继续读书，从初中二年级读起。

父亲说，三伯家已经繁殖了几十只绵羊，手头也宽裕，愿意负担我日后的学杂费。

我欣喜若狂，在那一刻，我几乎忘却了生活中一切烦恼和不幸，在那一刻，一股可能是感激，或者是爱的暖流通过我的全身。我想，父亲是多么好的父亲啊，在我们整个回鹿山，能始终坚定不移地让孩子读书的家长，恐怕只有父亲一人吧？接着我又想，这样的父亲扎几支强痛定又算得了什么呢？想到这儿，我就为自己把父亲与吸毒鬼联系起来的厌恶情绪自责起来。

父亲亲自到乡中学为我办妥了转学手续。

正月一过，父亲就借了一匹马，送我到五道川的三伯家。

但是，一看到三伯那难看得有些可怕的脸色，我的心一下凉起来。

我忽略了一个道理：三伯就是三伯，他不是父亲。即使同样是父亲，在子女的前途问题上的看法和决定也是不尽相同的，更何况，三伯还是那样一个嗜财如命的老头子。

一顿非常寡淡无味的午饭。虽然堂哥堂嫂很热情，但三伯的眼皮一直耷拉着，就连他鼻尖上那滴欲落不落的清鼻涕都闪着冷光。

也许是父亲在三伯面前以小卖小的心态，也许是父亲对三伯的真正了解并不像我理解的这样肤浅和生分，也许是父亲在亲情面前永远真实自然的性格，那天，父亲的表现倒像主人。父亲不但谈笑风生，而且破天荒地还给我夹了两次菜。

但这一切都不能改变我异常后悔和沮丧的心情。我只要看一眼三伯的脸色，只要看一眼窗外并没卸鞍的红马和柔弱得一阵风就能刮倒的堂侄女那双好奇的大眼睛，我后悔的心马上就颤抖起来。

我突然非常害怕结束那顿午饭，然而，真是没有不散的筵席。当父亲牵着马走出三伯家的院子时，我竟情不自禁地悄悄跟出了大门。

父亲一直没有回头，就好像没发现我跟在后面一样。当父亲和马的影子在营子口消失时，我发现自己的泪水早已流下来。

我必须承认，与我同母亲的情感相比，这是我第一次因不舍父亲而流泪。我想象不到，自己原来竟如此依恋父亲。当时，我多么希望父亲不要走，或者父亲回头对我说：走吧，儿子，咱们回家吧……那种心情，那种依恋，至今回想起来还让自己唏嘘不已。

可想而知，我的借读生涯注定是短命的。一来，我的数理化科目本来基础不好；二来，辍学一年，对学业早已生疏了；三来，对新校的排斥和新老师、新同学对我的排斥；更重要的是，我生来有一根脆弱敏感的神经……凡此种种，不但没有让我重新树立起读书的信心，反而让我对求学这条路产生了彻底的绝望。

这样勉强读到下学年，当我又一次张口向三伯要学费时，可能恰巧三伯手头吃紧，或者三伯早就想借机发发牢骚。于是，他并没有当时给我学费，而是再次重复他对我父亲的不满。

不学无术、懒惰和不会攒钱过日子是三伯对父亲的总体评价。最后，三伯拿出父亲写的借据对我说：

“这借条，不过是一纸空文，说是以后还我，他拿什么还？他这样稂不稂莠不莠的，又不教你干活的本事，你念书又不见长进，眼见着你又像你老子，真不知道你将来怎样活下去！念书，念书，他现在倒知道念书有用了，可过去，他就从来不念书，写个借条都写不好，签名都用手指头印……”

我并不知道父亲在三伯家写过借据，看着三伯抖动那张纸的表情，再扫一眼父亲在那张借据上按的红指印，我真是无地自容。

现在想来，三伯当时不过说了几句真话而已。像三伯这样的乡村老人，能这样对待侄儿已经很难得了，可我并不买账。

第二天，天刚一放亮，我就悄悄起床，脸都没擦一把，背上几本喜欢的书不辞而别了。

当三伯居住的营子（那是一个较大的营子）彻底隐没在我身后的群山之中时，我像一只飞出牢笼的鸽子，快乐地向回鹿山飞去。

这时恰巧又是秋天。

《牧笛潇潇》

玲珑彩瓷板画 | 80cm×80cm | 侯恕人作 | 2022 年

* 塞罕坝草原南麓的回鹿山山谷，白桦林的深处，有一个少年长长的梦。

贰拾壹

我整整走了一天。在整个营子都快进入梦乡时分，饥肠辘辘的我摸回了家。

在窗下，我轻声叫父亲。听到我的叫声后，父亲答应着拉亮了灯。

大半年没见到父亲，听到父亲熟悉的声音，在那一刻，心里别提有多温暖了。可在灯下看一眼父亲，一天的劳累，一年来的委屈立刻又变成了深深的失望和懊恼。

由于一人生活，加上农活劳苦，父亲比以前更黑更瘦了，眼前的父亲，肯定半年没洗过一次脸，整个人灰头土脸，面目全非，像个行将就木的老人。

可能是父亲猜到了我突然回家的原因，所以他没多问什么。就在我发愣的时候，父亲出去抱柴火，在灶里生着了火。

我在外屋的破碗橱里，看见几个冰凉的熟土豆。

不一会儿，父亲烧开了水，灌在暖壶里，然后掀开老柜柜盖，端出一碗莜麦炒面，对我说：

“没别的吃的了，将就着吃点儿炒面吧。”

说完，父亲一声不响地爬上炕，把头继续扎在已经摊开的铺盖卷上。

我说过，父亲这种双手抱着脑袋，跪在炕上，高高翘起臀部的样子，是我近年来最熟悉，也是最令我郁闷的姿势。这个动作常常预示着，父亲又没有了阿司匹林或强痛定了。

“头……疼得厉害吗？”吃过炒面后我问父亲。

父亲轻微移动一下身子，说：

“没药了，已经断了几天了。”

“为什么不去买？”我并不知道，此时的父亲已经身无分文。

“没钱了，而且，我也走不动……这两天头疼得厉害。”

父亲有气无力，语气里根本没有父亲的尊严，却多了一丝孩子般的无助。

后来才知道，父亲不仅断了药，而且早早就刨地里没长成的土豆充饥了。柜里那几碗炒面，好像专门留给我回来吃的。

家里陈粮都被父亲卖钱买药了。

在我的印象里，家里虽然一直贫困，但从来不至于穷到一文没有的地步，特别是在父亲身上，我确乎没觉得他为钱的缺失发过愁。那时，父亲所吃的阿司匹林是一分钱一片，可是我发现，在我家的窗台上，常常散落着一分或两分硬币，如果不是我或小哥发现捡起来，父亲似乎永远看不见这一两枚硬币——有时连眼神不好的母亲都能在灶坑里捡到它们。

这种现象，或许正好验证了三伯说父亲不会过日子、不务正业的说法。

我下意识地扫了一眼窗台，大半年前散落在上面的几枚硬币还在原地，尽管落满了灰尘，但显然没移动过位置。

对父亲这种怪异的行为，我至今无话可说。还有什么样的妙笔，能刻画出父亲这样一种生活态度呢？三伯说得很形象，父亲一生大钱一个没挣过，小钱还真看不上眼。

第二天，我清理了窗台和炕席底下（父亲也有把几分零钱顺手放到席下的习惯），大约整理出两三毛钱，加上在三伯家攒的几块零花钱，到药店为父亲买回了一些阿司匹林。当然，按父亲的要求，我第一次为他买回了五支强痛定针剂。

我的孝举得到了药店主人的夸奖。他的意思，仿佛我终于知书达理了。他不仅极为热情地把药递给我，末了，还和颜悦色地对我说：

"这就对了，养儿防老，你父亲只你一个亲儿，别人不管，哪有亲儿不管老子的？再说，这上下七乡八寨，谁家的老人不吃几片镇痛药？”

我无言以对。故乡的某些人就是这样，街坊邻里一些矛盾就在这样有意无意间的挑拨中加剧了。我虽然听出了店主人的弦外之音，但并没有表示什么，一声不响地走出药店。

鲁迅说：“我在年青时候也曾经做过许多梦，后来大半忘却了，但自己也并不以为可惜。所谓回忆者，虽说可以使人欢欣，有时也不免使人寂寞，使精神的丝缕还牵着已逝的寂寞的时光，又有什么意味呢，而我偏苦于不能全忘却，这不能全忘的一部分，到现在便成了《呐喊》的来由。”

以后每读先生这段话，心情格外复杂。先生所谓的梦，难道不是对某种苦难的回忆？我虽然永远不会有先生洞悉人性的智慧和济世情怀，却幸好对甘瓜苦蒂有一定体味。

从药店回来，一路上心情复杂，我一边默默地走一边想：千万别让别人看见我……千万别让大姐家人看见我……

仲秋之后的山野一片金黄，在回鹿山东西两侧洼地沟谷里，到处可见收尾秋的乡亲。偶尔，有人迎面碰上，总是别人先热情地招呼我，我才心虚地应对，内心却一阵阵不是滋味。我想起去年冬天父亲说过的话，别人之所以待见我，是因为我读书读得好……可如今，读书的岁月已第二次离我远去，而且将永远不会有第三次了。

一想到此，整个心肺都开始绞痛。

就在快到营子口的时候，我看见小哥长山赶着一辆空马车迎面而来，他一定是到杨树谷拉干草去。

尽管已经大半年没有见过小哥了，在三伯家也常常想念他，但我并不想在这个时候面对他。于是，我岔开大道，抄小道向我家一块承包地走去。

小哥看到了我，他赶着马车，一直向我张望着。在马车后面，跟着雨生和二外甥女秀芝。

我加快脚步，小哥则一直侧着脸追望着我。这时，二外甥女秀芝快跑几步撵上马车，向小哥说着什么，我猜，她一定在谈论我。

我和小哥同样是舅舅，但由于我的年龄小，在大姐的四个女儿中，除了大外甥女秀文在人前称我小舅外，其他几个都直呼我的小名，连父亲都不叫我小名了，可外甥女们一如既往，好像我的小名就是专门为她们起的一样。

特别是秀芝，她与我同岁，生来心直口快，又没读过书，平常就更不会把我放在眼里。

跟在车后的姐夫雨生，一直低头走路，他既没向我这边张望，也没去追赶马车。我知道，他一定早就看见了我，却一言不发。雨生从来都是这样，他眼里有一切事情，心里也常常有数，但往往显出不动声色的特质来。

事实上，自从小哥搬到大姐家后，我就不愿意与大姐家有任何来往了。撇开大姐的狭隘心胸和自私自利不说，仅就当时我家现实处境来说，我至今认为，姐夫雨生在这件事上是有一定责任的。雨生本质上是一个明白事理的人，作为一家之主，他当时有绝对发言权，但他没有阻止大姐荣的计划——把小哥分离出来。雨生是父亲看中的人，这也正是他让父亲走眼的一方面吧。

到了承包地，我发现，大部分土豆还埋在地里。深秋了，土豆秧已被霜打过，遭霜的土豆秧由绿变黄，现在已经完全变为黑色。这块地亩并不大，靠近路边的一侧，有用三齿耙耙过的痕迹，这是因为父亲断粮，土豆还未长成他就扒着吃了。在靠西山的一边，黑色的土豆秧还齐齐地长在垄背上，有些秧秆儿已经干枯了，这预示着垄下的土豆已经被冻了。受冻的土豆不能久放，就是马上粉碎加工，也不会出产多少淀粉，这是庄户人最心疼的结果。

我在地头坐下来，望着这荒凉寒冷得有些凄惨的农田，心里一阵阵难过。我种过土豆，也收获过土豆，尽管我还没有实打实地完全投入过，但我深知土豆这种农作物从春种到秋收的所有劳作环节，那是相当耗费体力的劳动。我能想象，一个六十多岁的孤身老人，在没有别人帮忙的情况下，能把土豆一粒粒种下，又经过夏天的锄、耪、间秧、耥垄等多个环节，到了快收获的季节，早已筋疲力尽了，更何况，在另外的承包地，还有三亩莜麦没有收割。

种庄稼也需要学问家，有些农事是需要精工细作的，然而父亲做不到。坦白讲，父亲除了有一段不为人知的戎马生涯，一生都是一个奇怪的乡民。说他是农民，不是，他对农活从来一知半解；说他是牧民，不是，对放牧和养殖，他绝对二把刀。到了晚年，能不让自己的承包地撂荒，其实已经是奇迹。

回想那天地头的情景，现在心情还很复杂。可是，令自己困惑的是，既然当时就如此理解了父亲，那为什么，随后的举动完全是另一种样子呢？

那天，当我从地里回到家，一看到父亲那种迫不及待的目光和他相当熟练的打针动作，我的胸腔像充满了浊气儿的气球，立刻爆炸了。

我突然拿起父亲刚刚放在炕边的药片，非常用力地甩向堂柜——两片一组、很整齐地排列在一张塑料纸里的阿司匹林药片，啪的一声落下去，屋里马上飞扬起一团灰土。

父亲没有说话，甚至没敢看我一眼，他又深深地埋下头去。

贰拾贰

在我回到回鹿山两天后，三伯侯百慈派堂哥宝林来到我家。

快到中午时，我在外屋张罗着为堂哥做饭。父亲则在东屋不停地叫着堂哥的名字说话。

堂哥宝林不比大伯那个牺牲的儿子宝山，据说宝山能文能武，而且口才奇佳，宝林却寡言少语。宝林生来惧怕的不是三伯，而是我父亲。

宝林读过初中，对文言文异常着迷，所以说话有些咬文嚼字。他年龄与小哥长山相仿，过去逢年过节偶尔来我家一趟，在父亲面前总是轻声细语，唯唯诺诺。

宝林有一次对我说，他对我父亲和堂哥宝山从军的事情非常好奇，而且充满敬畏。他不太敢详细追问父亲战争年代的事情，希望我能比他知道得多些。有一天，宝林对我说：

“我敢打赌，五叔打了多年仗，肯定杀过人……”

听了这话，我倒吓了一跳，我从来没有想过这个问题，更不敢想象父亲曾经杀过人，不知道宝林缘何说起这个。

……屋里，谈话继续进行。

这回，父亲一反往日低声说话的习惯，声音提得很高。这种看似讲道理、讲亲情的谈话，实则是父亲对堂哥非常严厉的批评。

父亲是个从来不讲绝情话的人，这次却把对三伯的不满全都发泄到堂哥身上。

末了，父亲说：

“行了，城邦的书就念到这儿了。回去后，让你爹算算账，连饭钱，看看花了多少。我没别的指项了，但还有个两岁子犏牛和一匹儿马，实在不行，还有琴留下的那几只黑头，卖其中哪一个，都能还上欠你们的学杂费吧？”

堂哥一直垂着头，不住地点头嗯嗯着。听父亲说了这样的话，堂哥终于忍不住，说：

“五叔，您也别真生气，我爹的脾气您知道，那人您也了解，其实也没怎么着，也没说不供城邦上学，只是话赶话，多说了两句，因为城邦成绩不好，他有点着急。不信你问问城邦……”

听到这儿，我真想走进来承认如此，也想替堂哥说几句公道话。

在三伯家大半年，三伯疼吃疼喝的事情从来没发生过，堂哥夫妇对我也很好……

然而父亲打断堂哥的话说：

“我说的，不完全是你爹。你爹平时小气点，日子过得精细些是对的。对待兄弟情分，他也没挑儿，当年，你四叔砸死在炭窑里，要不是你爹把个死尸拖拉回来，你四叔就死了外丧。”

父亲停顿了一下，声音稍稍低下来：

“我们老哥儿五个，有的早死，有的没娶妻生子，有的活不见人死不见尸……小一辈儿的，现在只剩下你妹宝霞和城邦你们仨了。要是琴不死，人丁会旺一些，也会多些照应。我的意思是说呀，打仗亲兄弟，上阵父子兵，一笔写不出俩侯来。你爹和我都要不行了，但你们小哥俩以后要互相帮助，互相照应。”

见父亲缓和了语气，宝林连连点着头，然后说：

“那就让城邦后晌跟我回去吧，这学习可是耽误不得的。”

父亲沉吟了一下说：

“刚才我说的，也不全是赌气话，看来，这次城邦是不想再念了。人各有志，也是命，既然这样，咱也不好强求，只要他日后不要埋怨别人……”

突然，父亲再次提高了嗓门说：

“要说我这个当爹的无能，我承认，我从队伍上回来，就发下誓，将来再也不打仗了。等我有了孩子，一定让他们上学念书，像你爷爷那样，做一个有文化有知识的人。生了琴后，虽然是丫头，我也让她念书，只要孩子们想要个好前程，只要他们想学，我这个当爹的，就是拉着棍子要饭，就是砸锅卖铁，也得让孩子念书。在这深山老林，不念书，就没出路啊……”

父亲的话清清楚楚传进我耳朵，我知道，父亲这些话是说给我听的。

说到这儿，父亲突然再次低下声来，片刻，竟哽咽着说：

“宝林啊，你五叔我，是个要脸的人啊！我一辈子没服过输，年轻时,枪子儿弹片里钻过多少个来回,眼都没眨一下,那真是九死一生，虽说在关键时候走错过一步棋，但细想想，我一个没多少文化的人，捡条命已经不错了，就是不回来，将来又会怎样？谁也拿不准。可是，我这不争气的头痛，唉，临老临老，落下这个吃药扎针的毛病。可我就不信，有一天我治好了这头痛病，看我还会吃这几片洋药片？！”

堂哥诺诺地应着，他想劝慰一下父亲，但一时找不到说辞。

最后宝林说：

“放心吧五叔，城邦将来一定会有出息的。”

我靠在灶台上，灶里的火早已熄灭了。我陷入深深的遐想之中。

这时，雨生突然出现在屋门口。像往常一样，雨生从来是默不作声地出现在我家的屋门口。同样，像从前一样，姐夫看都不看我一眼，径直越过我走到里屋。姐夫对我的轻视就是视而不见，但我理解。他不同于大姐荣对我的轻视，雨生是恨铁不成钢。

“是他宝林大舅来啦？我看着南坡下来个人，像你。”雨生是来与堂哥宝林打招呼的。

雨生与宝林很合得来。每次宝林来，都要到姐夫家吃顿饭。

宝林看见雨生来，就好像看到了天大的救星。他一边亲热地叫着姐夫，一边让座。

这时，雨生把头从里屋探出来，向锅里看了看说：

“饭还没好，到前院吃吧。”

我非常希望宝林能拒绝雨生，但父亲接口说：

“那就到前院吃吧，你姐夫既然来叫了，宝林你就去吧。”

完全可以想象宝林的愉快程度。就这样，雨生和堂哥宝林一前一后走出院子。

即使这样，雨生还是没有正眼看我，就好像我这个人从来不存在似的。

我气愤地把烧火棍一跺两截……

贰拾叁

午饭后，堂哥宝林就要自己回去了。从与宝林告别那一刻起，我的整个学生时代彻底结束了。

完全不像第一次辍学那样，此时我没有悲伤，没有痛苦，甚至有了几分解脱后的快感。尽管后来我对朋友说，之所以没完成高中学业，完全是因为家里的穷困和父亲的扎针，但扪心自问，这是谎言，是毫无良心的谎言！这种说法对父亲、三伯、堂哥宝林一家来说，是极端不公平的，这对他们是一种无情的伤害。

正如父亲对堂哥宝林的陈述一样，在我求学这件事情上，父亲一直做着披肝沥胆的准备。他希望我读书成才的想法一刻也没有放弃过，并做着顽强的努力。可是，作为一个学生，那时的我，并没有完全理解父亲。我的数理化成绩简直糟糕透顶。虽然我的作文广受好评，可我终究不算是一个合格的学生。特别是第二次转学复读，如果说有多么兴奋的话，这种兴奋，绝不是因为重获学习机会，而是有了逃避现实生活的借口——我已经体会到劳动之苦——我不想像牛马一样流汗，更不想像小哥长山、姐夫雨生、父亲和所有乡亲那样，在草原和山谷中辛劳地生活一辈子……

从好的方面说，这是一种愿望，尽管不是什么美好的愿望，但起码是一种真实的愿望，至于如何实现它，直到我第二次辍学回家，我也没想明白。现在想来，即使这看似自尊受到伤害的不辞而别，也不过是自己为自己寻找的最好借口。因为，在城子中学，我糟糕的成绩足以令自己没有颜面和信心再继续读下去。

说起来难以置信，在那次复读中，我竟没记住一个同学的姓名，连当时的任课老师姓什么都记不得了。这段借读生活就像一场极其混乱失真的梦，常常令我将信将疑。有时，我也会问自己，我真的有那么一次转学的经历吗？我真的有那么一次不辞而别吗？

若干年后，我尽力找出一些具体的事例分析我与父亲在性格上的异同。就拿读书取仕的观念来说，我发现，没有系统读过书的父亲，反而对读书表现出由衷的笃诚和坚持。我不知道，这是不是祖上世袭的读书传统影响了父亲，还是父亲吃过没有文化的亏，在生活中悟出了知识的重要，可是，我当年的读书没有具体的目标。

现在我想，父亲的笃诚，不仅是对读书本身，更对我这个儿子，他坚定地相信我——只要能读书就能读好书；同时，他的坚持也是对自己：既坚持自己的判断，又坚持一个做开明父亲的责任。

有很长一段时间，我非常怀疑，父亲的信心建立在什么基础上。连我自己都没有一点信心的时候，他如何认定我会在荆棘丛中走出一条路来？好在，当我现在回忆种种往事时，我总算能够轻声告慰：由于这种血缘的传承，或者这种笃诚和坚持的影响，使我能够在以后的军旅生涯中，重新树立读书的信心，并在此基础上树立起某种理想的旗帜——最终考取军校，续读本科，又坚持完成了研究生课程。

关于血缘和遗传关系到人的意志学说，也许不准确，也不一定科学，但是，我相信，信念是可以遗传的。记得看过一档电视节目，一个父亲是徒手攀岩人，靠到绝壁燕子洞上摘燕窝为生。这是当地一个靠师（家）传的绝活儿，父亲想把绝技传给十七岁的儿子。但儿子只攀了一回，而且在即将摘到燕窝时退却了。儿子回到地面后说："差点儿吓死。"以后，再也不想干这种不要命的营生了。在父亲的伤心失望中，儿子出去打工了。父亲无奈之下把自己的绝活儿传给了朋友的儿子，是一个与儿子同龄的少年，也是儿子从小一起玩儿大的伙伴……半年后，这个少年坠崖而死。回到家里的儿子，看到父亲因不堪内疚、痛苦一下子衰老了，像一个傻掉的人。这个经过外面闯荡磨砺的青年祭奠完死去的伙伴，突然决定：结束外面的打工生活，回来继承父亲的攀岩事业。他不顾母亲拼死反对，勇敢地徒手攀上一百多米高的燕子洞……几百年来，这里的绝大多数百姓，就是靠着摘燕窝繁衍生存下来的……这位父亲对记者说："攀岩是需要胆量的事情。"但我要说，生存是第一位的，人为了生存，什么都可以干，哪怕坠崖而死。至于胆量这东西，一千个胆子都抵不过一种信念的重量。我相信，是信念这东西让这位父亲攀岩一生——燕子洞的其他人不都放弃了这个古老而危险的行业了吗？我更相信，是同样的信念让这个少年战胜了对死亡的恐惧。

贰拾肆

接下来的叙述应该更为困难。我不知道该如何描述这之后整整三年的乡村生活。这是一个少年向成人世界过渡的转型期，也是一个青年真正认识社会、适应社会和分析社会的重要阶段。在这三年里，我和父亲之间到底发生了什么，我的记忆一次次出现混乱和空白……我只好停下来，久久地望着窗外。

春天刚过，绿色一夜间铺满了都市。像昨天、前天、大前天这个时候一样，楼外那棵槐树的巨大树冠将整个窗户挡住了。要想看到这座城市更远的地方，必须靠一股较强劲的风，把阔大的树叶吹动起来，在枝与叶的缝隙，才会呈现出远处某个建筑物的局部轮廓。

窗外的景象与二十多年前的境况如此相像。我完全看不清远方的目标，而对眼前的一切又极度不满。过分的自尊又常常刺激我敏感的神经……

与父亲独自度过的第一个夏天，天空好像从来没有晴朗过，闪电和暴雨常常会在午后来临。很快就会山洪暴发，巨浪裹挟着树木、家畜和石块轰隆隆地滚过……周围渐渐失去了亲情、友善和欢乐的色彩，到处都是植物发霉的味道，承包地里的土豆、谷子和莜麦不仅长势缓慢，而且杂草丛生。当小哥、雨生、外甥女以及其他任何一个乡民经过我目之所及的地方时，我都会产生无端的愁绪、不悦，甚至怒气。而往往在这个时候，父亲在西屋的某种有意压制的扎针的细微声音，竟像一条蛇面对我吐出芯子，放出咝咝的凉气。那种我所熟悉的强痛定针剂的味道，竟在无形中散发出一种凋残和死亡气息。

但是，任何的感觉和臆想都不能替代现实中的生活。我和父亲必须继续生存下去。也就是在这样一种复杂的心灵体验中，经过一冬一夏，我开始为在回鹿山长期生存下去做着务实的准备。

其实，我从这年春天就买了一辆几乎报废的二八自行车。学会骑车是我在中学读书时的意外收获。从初夏开始，我就时常到二十公里外的镇上，批发一些南方运来的青椒茄子西红柿和其他蔬菜到乡下叫卖——这是新的时代的开始。

盛夏，我也批发冰棍。在破旧的自行车后架上，左边挂一个方形柳条筐，里面是蔬菜，右边是一个坚固的木箱子，里面是冰棍——为了保温，冰棍得用厚棉被层层裹起来。

应该说，做小买卖对我来说，不是第一次。几年前，母亲患肺水肿住院时，为了凑足住院费，我就学会了卖胶鞋底和地羊尾巴——那是合法的交易，而且是政府倡导的。当时公社的代销点收购的东西很杂。胶鞋底的用途很容易理解，橡胶回收可二次利用，虽然才两分钱一只，但只要你肯到村镇的垃圾堆里寻觅，捡到胶鞋底并不困难。地羊尾巴的得来却并不怎么容易。地羊是俗称，草原和山谷中一种常见的地下啮齿类哺乳动物，学名鼢鼠。由于这种动物生活在地下，以薯类和草根为食，对草原和农作物破坏力极大。政府为了号召人们消灭它们，就规定每一根地羊尾巴可卖四分钱。可别小看这四分钱，在当时可是一笔大数目，能买两盒火柴呢。但地羊并不好逮，这种长着一双针眼大的高度近视眼的地下动物异常敏锐狡猾。

现在想来，在一切还没有真正开放的二十世纪八十年代初，一个十五六岁的少年走街串户，高声叫卖茄子辣椒西红柿，是相当有开创意味的举动。当然，这个第一个吃螃蟹的少年从来不到回鹿山一带贩卖蔬菜和冰棍——我把不住，一直瞧不起我的乡邻，特别是大姐荣、外甥女乃或雨生对这种事情的看法。我知道，当时我在更多的乡邻眼里，已经不再是一个读书上进的好少年，而真正成了一个不肯下力气劳动的二流子。

就是现在，我仍然相信，在我的家乡，如果有哪个父母向子女们提起我，注定会说：“那小子，当年是个典型的二流子。”我不能责怪他们，事实上在那个时候，我自己都瞧不起自己。

记得刚贩卖青椒那阵儿，有一天，我在乡政府门口的粮站饭店，正准备吃一碗面，结果一个中学女同学和她母亲走进来买油条。可能是女同学怕母亲知道这个刚才还在外面叫卖的少年就是她的同学吧，她竟躲瘟神那样红着脸，拉着母亲匆匆走开了，油条也没敢买。

说不受伤害是瞎话，当时我的确非常难为情。因为我一直暗恋着这个女同学，曾把流行歌曲《牡丹之歌》的歌词“啊，牡丹，百花丛中最鲜艳”，改成“啊，海燕，大海之上最灿烂”，以赞美她的迷人……多亏后来我当了兵，变得人模人样了，于是展开攻势，一举拿下这个大眼睛的苹果脸同学做了老婆，总算报了当年尴尬之仇。

后来，我又学会了一种绝活：在乡村农家的箱箱柜柜上做漆画。就是分别买来红、白、黄、蓝、绿等几种不同颜色的油漆，用汽油当调和剂，控制黏稠度，利用调色原理调出五颜六色的色彩。把各色油漆装入小型喷雾器中，然后在硬塑料纸上，像剪窗花一样，剪出牡丹、月季或芍药——但与窗花的工艺正好相反，花瓣、枝梗和叶子是镂空的。把这样的塑料纸模子固定在柜面、箱面或窗玻璃上，各色喷雾器对着上面挥挥洒洒，喷喷点点，最后取下塑料模具，一朵或一丛鲜艳的花草就落在上面了。这门手艺学会后，我不断开拓创新，变换花样，后期的作品就能脱开模具和喷雾器，开始运用软笔，慢慢描画加工，添枝加叶，独立绘成“喜鹊登梅”或“犀牛望月”了。骄傲点儿说，这应该是当时很有水准的工艺美术了。

若干年后，姨家表姐告诉我，她家箱子上至今还保留着我当年的作品，我听了还很得意。

再以后，我不断得到消息，在我故乡的七里八乡，现在有我作品的不止表姐一家，如果挨个营子走一走，一定会发现我的美术作品仍然鲜活灿烂——当年的油漆货真价实，绝无假货。二三十年，弹指一挥间而已，只可惜，这些家具的主人，已经认不出我这个精瘦的白发汉子，就是当年那个面容忧郁的少年了。

贰拾伍

就在那个多雨的夏季，分家时分得的小犏牛生了腐蹄病（牛羊由于长期在泥水中浸泡而引发的一种蹄病，主要症状是蹄子肿大，蹄甲脱落，治疗不及时会残疾或死亡）。起初并没觉得多严重，但二把刀牧民父亲忽视了这种病，结果这头于我父子生活最重要的牲畜，在一天夜里突然死亡了。

犏牛是和小哥分家时分得的，也是刚刚调教出活计来的生猛劳力。原打算来年开春用它做资本，能在不太求人的情况下完成春耕、夏忙和秋收。可是，天竟有不测风云，计划落空了。

那天晚上，我在外作画回家，看见父亲正倚在牛栏上抽烟。那头金黄色的犏牛侧倒在牛桩旁，缰绳还拴在牛桩上，牛却四脚朝天地挂那儿——因为没气时间长了，四只牛腿直挺挺地向上伸着，整个牛像吹足了气的纸牛一样，样子异常恐怖。

这意外的打击显然让父亲伤了元气。父亲好像傻了，迟迟没有处理这头死牛。直到天快黑时，才拿出那把哨子刀来，然后请邻居李叔帮忙，开始剥牛皮。

至此，我们的家产除了三间老屋（其中还有小哥长山一间，这是分家时讲好的）等简单的家什外，只剩下一匹儿马和三只黑头羊。实际上，这匹儿马还没有正式落户给我。与小哥分家时，分给小哥那匹母马正有身孕，按当时的协议，母马归小哥，但生下的第一匹马驹归我。此时，这个一岁左右的小马驹还没有离开母亲，由小哥代管。

没了这头牛，当年的秋收更加辛苦。好在，父亲多次到邻居家换工，地里的粮食总算全部收了回来。

但是，这看似一笔带过的第一年生活，于我和父亲之间，其实十分不平静。由于我不满父亲吃药和扎针的习惯，我和父亲的战争不断升级，渐渐明朗化和白热化。

刚开始务农时，父亲还常常容忍我的白眼和摔打，渐渐地，父亲开始偷偷避开我用药，有时，甚至躲到邻居家请人帮忙，这正是我最受不了的事情。我由暗示、不满，到公开抗议，直到大吵大闹。我希望父亲戒掉药物，起码禁止使用强痛定针剂。

父亲先是不语，后来有几次答应戒掉。实际上，父亲也曾有过积极的行动，可每一次行动最终都失败了。

当我听说，有一天父亲竟用死去的牛皮到药店换回一些强痛定时，我第一次对父亲使用了侮辱性语言。我好像说了“人有脸树有皮”这样的话。

父亲显然没有想到我会说出这样的话，他在愣怔了片刻后，突然大声对我说：

“好吧，那你杀了我吧！杀了我，你的日子就好过啦！”

越说越生气的父亲，突然扯下腰间的哨子刀。

父亲把哨子刀递向我，抖动着残手和肩膀。

我下意识地后退，直到被老柜挡住，我看见父亲因痛苦而扭曲的脸没有一点血色，突然布满血丝的眼睛异常绝望。

当天晚上，父亲在炕头，我在炕梢。就在我准备躺下睡觉时，父亲突然把一支卷好的旱烟扔过来，说：

“睡不着觉，臭虫又咬，就抽一支吧。”

我犹豫了一下，还是捡起了身边的卷烟。

一年前，我学会了抽烟。不论是在田里劳动，还是到外乡作画，我已经在不知不觉中体会到吸烟的奇妙感觉。只是，我还从来没有在父亲面前抽过。当然，我知道，父亲的烟龄很长，如果他发现我抽烟，是不会批评我的，可不知为什么，我一直没有勇气在父亲面前抽。

父亲随即把火柴扔给我。

我默默地划着火柴，点着烟，小心翼翼地吸着。有那么一刻，一股说不清的美好滋味随着吸入腹腔的烟迅速传遍全身。

原来,我一直在潜意识里迷恋着父亲的卷烟动作和他卷好的烟卷。

父亲抽烟，从来不用烟袋，也不像其他乡邻那样，迅速卷好一根筒状的纸烟，然后用手刮下牙垢来黏合。这种粗俗的卷烟习惯让人难以接受。父亲卷烟，永远程式化，有板有眼，慢条斯理。

他先撕下一方长条纸，在指间捋了又捋，直到纸条变得柔滑细软，然后把纸卷成一个喇叭样纸筒，在纸筒的三分之一处一折，一捏，再把手心里的烟末细细地撮入纸筒。最后，用大拇指把喇叭口多余出来的一小截纸挽回去，就势堵住筒口。这样，一支烟嘴和烟筒成锐角的纸烟才算正式完成。

父亲这种从容不迫的卷烟习惯，给我的印象极其深刻。后来，每当看到城里人叠纸鹤，我就想起父亲，父亲卷的烟太像现在流行的纸鹤了。

父亲抽烟不勤，他多半在夜晚才抽。是时，在他头顶的壁窗上，悬着一只十五瓦灯泡。灯泡泛着昏黄的光，灯光把父亲棱角分明的脸映出一个剪影。长时间里，父亲一口接一口地抽着，间或有一两口被父亲吸入腹腔，喉结处就发出有节奏的、时断时续的嘎嘎声。

在琴姐和母亲去世后的日子里，大部分夜晚我就是这样和父亲一起度过的。只是，在母亲刚刚去世，小哥又搬走时，我一直紧紧挨着父亲睡，不知从哪天起，我悄悄把被褥移到了炕梢。我侧躺在炕梢，一边想着心事，一边默默地看着父亲的侧影，还有缭绕在他指间、发间的烟雾。就这样，直到睡意袭来，直到我听不到山野杜鹃的夜啼而蒙眬睡去。

抽完父亲扔给我的那支烟，我躺下了，然后侧过身去，把后背对着父亲。过了良久，我感到父亲扭头看了我一眼，见我还没入睡，于是干咳一声，清了清嗓子，这是父亲要与我郑重谈话的前奏。

果然，父亲清完嗓子，说：

“我知道你还没睡，今天就和你说说闲话，你爱听也好，不爱听也罢，看来有几句话我不得不说了。”

我没有动，也没有转过身来。我的态度不置可否。

父亲接着说：

“原打算，你能把书念下来，起码念完高中，到了镇上，出山的前景就宽了一些。没承想，你对念书没有恒心。这件事我很意外，但这是你自己决定的，不管是今天，还是以后，你都怪不得我这个当爹的……”

听到这儿，我的心暗暗抖了一下，心想，虽说我在三大家受了点委屈，可这不是我逃学的真正理由。是我自己打败了自己，也是自己欺骗了自己。

“既然不上学了，就要有不上学的打算。你从头年冬天开始，跟人家上山打猎，我没拦你，我们庄户人的冬天，主要的活计是割柴火，在这一冬，烧柴是我爬着挪着捡回来的，攒不下，也够烧了；春起，你跑起了小买卖，我也没拦你，不论挣多挣少，不论别人怎样看咱，我总觉得，你是在干正经事，是为了将来的前程。可这入夏以来，地亩活最重的时候，你还跑出去，这就有些过分了。你不能再制造任何借口来逃避劳动；在乡下生活，总得分清主次，这主就是农业，就是种粮。现在不让发展牧业，有一天让发展了，这牧业就是主业。什么是次呢？我认为，就是在国家允许的情况下，尽可能地搞些小买卖，多少挣两个，也好贴补家用。过去不让这样做，这是资本主义的尾巴，要割掉呢。摆正这种主和次的关系，一个青年人才能够成家立业。

“说到这儿，就说到花钱上。我这一辈子，是穷人的一辈子，可我也没见哪个富人一辈子过得比穷人更欢喜。人好人坏，不是贫富决定的；人活得欢喜不欢喜，也不是贫富决定的。我是有这吃药的毛病，这两年，还扎两支强痛定，可我也是没办法。算起来，我吃上镇痛药，还是在队伍上的事情。那次，日本人一颗子弹打穿了我脑袋，医生说，没有伤着脑浆子，但脑瓜盖子缺了一块儿。从那时起，就天天头痛，吃两片镇痛药就挺过去了。后来，在东北一仗，打坏了肚子，肠子没断，却流了出来。没什么更好的办法，把肠子塞回去，肚皮缝上，再吃几片镇痛药顶一顶，也过去了。人家都说我命大，几次都打不死，子弹像长了眼睛，从肠子缝滑过去都打不断肠子。那时打仗，很多人兜里常常揣点镇痛药或几钱大烟。谁都明白，一枪打死倒好了，打不死就活受罪……那时没有你，你哪能想见那是什么日子……现在，人老了，药瘾也养成了，一停下来，头疼，肚子疼，连浑身的骨头都碎了似的疼，别说干活，下地的力气也没有了。我就想，反正这样了，吃几片药顶一顶，总还能多活些日子，也许能多陪你两年，毕竟，你还小，人又孤……我也想过，要不，像你琴姐那样，喝瓶农药，要不，拿根麻绳吊树上，也不是啥难事……可我呢，左思右想，不能这样啊！我死了，眼一闭，啥也不知道了，可你一辈子咋做人？”

我的心热了一下，紧缩了一下。我微微地闭上眼睛。

“我知道，我挣不来钱了，可我有这个决心，只要是你以后挣来的钱，你都自己攒着，我一分也不花。这辈子做父亲，没给你积攒下一个像样的家业，就够对不住你的了，以后，你拿什么娶妻生子？这不，屋漏偏遭连阴雨，刚刚执事的牛也死了。我知道，你心里难受，可我的心更难受。今天，我把话撂到这儿，从明天开始，我一片药不吃，一针不打，要是我能挺过去就挺过去了，挺不过去，大不了一死，你也不用打棺材，就用咱家这口堂柜，把隔板一打，把我往里一装，就埋了……”

听到这儿我再也躺不住了，扭过身来说：

“叔，你，你这是干什么……”

父亲这才打住话头，僵持了片刻，叹口气又接着说：

“你不爱听，我就先说到这儿，这话也不是一天能说完的，不过，我只想提醒你：你是个念过书的人，无论何时何地，这些年的书不能就饭吃了。在我吃药扎针这件事儿上，咱爷儿俩关上门，怎么都好说，都能说，可千万千万不能闹得乡里四邻都知道。我老了，将来死了，一了百了，可你还得在这里生活下去，你脑门儿上，不能贴上一张不贤不孝的标签。咱们这个地方，不比宽城老家，穷山恶水，人心越来越薄了，一件事不周到，人家有可能一辈子戳你脊梁骨，再有人落井下石，这人生的第一个开端，恐怕就是一个深潭。”

父亲说到这儿，又掐灭了一支烟，停了一会儿又说：

“也难怪，人家小看咱爷儿俩，我们有很多地方不如人啊。在我来说，有一天能戒了这个药，在你来说，是到了下力气干活的时候了，可别像我，种地半拉把式，放羊找不到好草场。俗话说，少年辛苦终身事，莫向光阴惰寸功，这是念书人的理儿，你大大活着时，常常说这句话，那时我也像你这样大，也不理解，慢慢长大了，就懂这句话的意思了。学农活也是这个理儿。还有一点，话不说不透，理不说不明，对别人的脸色，你要分清里外。你大姐荣是一个家居妇女，没多少见识，再不济也是一奶同胞。你长山小哥也一样，他不过是有他自己的想法罢了。你雨生姐夫，人忠厚、正直，他对你也是恨铁不成钢……他们都没念过书，人都说念书知理，念书知理，如果你念了书，还对他们有成见，是你的错儿而不是他们的错儿。这不，你大外甥女秀文，这几天就要生小孩，你会骑洋车子，明天主动过去问问，有什么需要置办，得向前靠靠，亲顾亲顾，亲不亲三分向，将来还是一家人……”

说到这儿，父亲突然打住话头，再不说什么，啪的一声拉灭了灯。

夜，已经很深了……

贰拾陆

是的，我从来没有怀疑自己的记忆出错，很多事情，就像发生在昨天。但我承认，在描述父亲和我的某些生活片段时，总掺杂着一种迷离缥缈。往事有时像一缕缕傍晚的炊烟，突然浮现在眼前，袅袅上升，慢慢飘散。其实，人在回想过去的生活时，都掺杂进当下的感受和评断。我不认为过去的生活是美好的，但也不认为有多么糟糕，那是一种真实的生活，真实是不能被盲目定义的，即使再过几十年，原来的认知也会因时过境迁而物是人非。

回忆父亲也一样，父亲是真实的，又是虚幻的；我很熟悉他，有时却备感陌生。无论如何，我都很难记述他的思想——如果这样做了，一定融进了我自己的愿望。所幸，我明白了这个道理，于是，尽力避免这种情况发生。

我喜欢在晚上回忆父亲——他坐在灯下吸烟，我躺在他身边，听着窗外的风声、雨声、虫鸣或狗吠……这一个个让我慢慢产生睡意的画面，却完整地在脑海里固定下来了——就像一幅风景画。此时的我，完全成了观众，也是唯一的一个观众。后来我想，这样的画面将永远如此固定下去，因为，我从来没有看到过接下来的事情，比如，父亲怎样掐灭烟头，然后悄悄下地，小心地关起门，最后脱掉衣服，在我身边躺下来……在这些画面之前，我安静地睡着了。

我认为，即使在中国传统的父子关系中，父子之间能有一次开诚布公的谈话是非常必要的，特别是孩子走向社会、直面生活的初始阶段。我的经验是，二十多年前那个夜晚，父亲灯下那次谈话对我的触动很大。尽管当时我并没有百分之百地接受（因为我并没有表达自己的看法，也就是没有构成谈话的基本要素——对谈，我不过是一个被动的倾听者），可接下来的日子，我有了行为上的转变。

我不再故意躲开雨生、小哥以及我认为的其他看不起我的乡邻，尽管面对他们时，我还有些不自在，但他们在我眼里已经变了，变得不远也不近，自然平和，他们虽然不可亲可敬，但也不可憎可恨。

果然，我的表现很快得到了回应。

某一天一大早，雨生姐夫来到我家。

雨生脸色凝重，先和父亲打过招呼，然后对我说：

“秀文要生了，昨晚就开始折腾，到现在孩子还没落草。军离不

盼

玲珑彩瓷板画 | 46cm×46cm | 侯恕人作 | 2022 年

* 可爱的生灵终于盼到猎人放下了猎枪。那个少年枪手，也终于老掉了，他用一只右眼来赎罪。

开身，你快骑车到镇上请一回先生，我到响水抓马去，随后去接你们，再晚，恐怕要出事。”

我二话没说，推出那辆破旧的自行车向营子口冲去。

在营子口上，我看见大姐荣和另一个婶子从军家慌慌张张地走出来，不停地向我这边张望。

当然，一切都不可能挽回了。下午时分，在镇医院那个女医生的帮助下，秀文终于产下了第一个孩子，但这个男孩已经死了。

医生草草拍打几下孩子，说：

“是个小子，可惜羊水破得早，呛死了，扔了吧。”

随后，传来的是秀文有气无力的哭声。

后来我看见，军两手托着一个黑红色的东西向房后走去。我知道，这就是那个迟迟不肯降生的孩子。

过了一会儿，军从房后走回来，蹲在外屋门口，勾着头，肩膀一耸一耸的，像在呕吐。

军早就盼着生个男孩,生了,却是这样的结果,军的痛苦可想而知。

请医生回来后，我一直倚在军家当院的木栅栏上。当听说孩子已死的时候，我并没有什么特别的感觉，就是军到房后掩埋孩子时，我也没什么反应。

雨生送走了医生，秀文虚弱的痛不欲生的哭声突然大起来。在那一刻，我突然感到一种抑制不住的哀伤。我强忍着眼泪从军家走出来，快到家门口时，我看见父亲蹲在门口的粪堆上，抱着脑袋一动不动。

父亲的姿势与军刚才的样子一模一样。我突然意识到，军的长相多么酷似父亲！

天正在一点点黑下来，父亲模模糊糊的身影一直蹲在那里。偶尔，一点红红的烟火在父亲嘴边亮一下，再亮一下。

说来非常复杂，自从琴姐死后，尤其是从我零星知道一点父亲和军之间的传言后，我一直没有踏过军家的门槛一次。即使后来秀文嫁给了军，我们变成了亲戚关系，我仍然固守着自己的原则。

但是，这个突发事件让我和军夫妇重新建立起了某种联系。当然，在外人看来，秀文毕竟是我的外甥女，我是军的舅丈。

第二年冬天，秀文生下第二个孩子。

可悲的是，差不多折腾了两天才产下来，但很快又夭折了。生这个女孩子时我没在家，那时我正在外乡作画。

两年后的八月，秀文的第三个女儿降生。

当时正逢我当兵体检的前夕。这次生产，又折磨了秀文两天两夜。万幸的是，这个女儿保住了，当我到部队大半年后，秀文给我寄来一张胖娃娃的黑白照片，说让我这个有文化的舅姥爷给起个名儿。

我考虑两天，就起了个“玉茹”的名字，具体含义忘掉了，可能与《红楼梦》里的黛玉和《林海雪原》里的白茹有些联系。

后来，玉茹身后又有了一个妹妹，但军仍希望秀文继续生下去，直到生一个儿子为止。与雨生相比，军比他岳父更为重男轻女。

以后我常常想，如今的故乡早就通了一条公路，按说，人们的生育观念早该改变了，但军这样的男人，何故非要生个儿子不可？还有，像秀文这样每每难产的女人，为何在生产时不及时送往山外医院？哪怕乡卫生院也好啊！

当兵后第一次探家时，军和秀文搬到我家隔壁一处新房。玉茹快两岁了。秀文说，没有奶水，孩子身体发育不好。还是我父亲教了一些土办法催奶，效果也不明显。

我很惊讶，父亲竟有催奶的土办法？

在这期间，父亲独自在家过了一个冬天。秀文说，与这个没有血缘关系的姥爷挨近了，接触多了，她开始喜欢这个孤独的姥爷了。

秀文说：

“姥爷其实是很刚强的人，病倒炕上好几天，都不想给别人找麻烦，他说话算数，做人真实，和别的老人不太一样。”

秀文说，父亲一看她侍弄孩子，就会不自主地讲起我的童年。说我一生下来就没有母乳，因为母亲年岁实在太大了，吃粮不够，营养跟不上，父亲就一次次往返二十多公里，到山外的供销社买奶粉。那时父亲是生产队队长，享有小小特权，所以还有办法让我吃上几袋奶粉，但其他与我一样大的孩子，就没有这个福分了。有一次，供销社的奶粉卖没了，父亲就骑着毛驴到县城去买，回家时已经是第二天早晨了。

秀文最后对我说：

“小舅，我们把小时候的事都忘了。这回我才知道，姥爷有多疼你，有多么舍不得你走！姥爷一见玉茹哭闹就说到你，反复说，我知道，他一定是想你了……姥爷说他从来没有跟别人说过这些，因为觉着和我对劲儿，说我像死去的琴姨，才和我说说。真的，有时候，我觉得姥爷真可怜……你一定得好好当兵，不当出个前景来，真对不起他，你不知道，他一个人，不肯求人，又那么多病，多可怜啊……”

秀文有点儿说不下去了。她是大姐荣的长女，却比大姐心肠软。秀文长我三岁，我不知道，她是否听说过关于军和父亲的传言，也不知道，她内心对此事的看法。但在当时，我与军的感情还存在着隔膜，特别是军在我当兵前那次动武，更加深了我们之间的隔膜。

贰拾柒

军和秀文的第一个男孩死后不久，又一个秋天姗姗来迟。

一天午后，小哥长山在大门口叫住我，说：

“姐夫说了，今年收秋咱们合伙。”

显然，小哥是把这个消息当成一个令人振奋的事情告诉我的。他的语气里也明显透露出一丝高兴的味道。

我知道，像我和父亲这样，要车没车，要牛没牛，能与雨生和军他们合伙秋收，是一件最划算的事。可是，乍一听到这个消息，我并没觉得多么高兴——这些年，我受够了他们的嘲讽和白眼，这种“合伙”，恩赐的意味太浓重了，我不情愿得到这样的恩赐。

我没有立即回答小哥的话。

父亲却不知从哪里突然走过来，说：

“山，听你姐夫的，就按你姐夫和你的意思办吧。”

我不知道，刚才还在屋里的父亲，怎么能听到小哥的话。父亲虽然六十多岁了，却耳聪目明。

我一句话也没说，扭头走进院子。其实，我这种赌气的举动，底气严重不足。出于对小哥绝情搬走的不满，我必须如此。可是，彼时彼地的我，有什么资本逞强呢?

然而，那个秋天，我和父亲最终没能和军他们合伙收秋。

变故突如其来。是军粗暴地击碎了这个本来应该温暖的秋天。

小哥长山成了大姐家的主要帮手，某种程度上，也解放了女婿军。这之前，春耕秋收，军是大姐家最扛力的劳动者。

但是，从小聪明能干的军，并不情愿这样不清不白地与岳父家搅在一起。这种不平等的合作，因得不到岳父的公正对待，军几年的忍耐和妥协已到底线，他和岳父家的关系形同危卵。好在，秀文是个中间力量，对军有一种牵制力，两家合伙务农就这样明合暗不合地将就着，三年五载，一眨眼也就过去了。

突然得知小哥提议（之后我才知道是小哥力争促成）、雨生同意今年同我父子合伙秋收，军郁积于胸的怨气终于有点憋不住了。

军并没有直接发作。某天夜里，一场多年难见的早到寒流突然袭击了回鹿山秋天的田野，所有乡民都在担心，接下来的七八天将会有更大的霜冻来临，如果不尽快出净地里的土豆，今年的损失不可估量。

那天早上，太阳还没有冒出东山之巅，雨生一家、军一家和我一家已经聚齐，准备一同下地。但先出哪一家的土豆，一时还没有定论。

这时，小哥长山发话了。

他说："先出城邦家的。"

小哥的理由是，这块地在阴坡，地涝，土豆更容易受冻腐烂。另外，我家种的土豆亩数最少，如果大家齐心协力，大半天就能出完。

小哥的提议，一时没有人反对，连一向先人后己的父亲也没有反驳。也许，父亲也认为，这确乎是一个最科学务实的建议吧。

但我还是清楚地感觉到，除了雨生不动声色外，四个外甥女秀文、秀芝、秀芬、秀云和军都不情愿。

那时，四外甥女秀云也不过十二三岁，但早早辍学，像老大老二老三一样下地干农活了。雨生不喜欢女孩，我的四个外甥女都没怎么读过书，早早成为干农活的行家里手。

就在大家准备动身时，军突然说话了：

"要我说，不能这样安排，阴坡地不止姥爷家这一块，从更大的损失可能看，其他两家的阴坡地更多，应当先出，至于小地亩的，抓个早晚，抽空就出来了。"

说来奇怪，直到今天，每当军称父亲姥爷的时候，我心里总会产生一种怪怪的感觉，这种怪，常常说不清道不明，但异常强烈。

不知小哥那天怎么了，他立即反对，并且很大声：

“不行，就这样定了，今天就先出城邦家的！”

军似乎也早有准备，马上回应：

“不行也得行，这不是生产队吃大锅饭了，生产队时你长山说了也不算，要是干不到一块儿，大家就他妈散伙！”

军如此提名道姓，语含讥讽，口出脏话，而且像点着了火的干柴，不知怎么，腾的一下燃烧起来。显然，小哥在他眼里根本不是一个舅丈！

“你骂谁？！”生性寡言木讷却脾气倔强的小哥怒目而视。

“我他妈谁也没骂，我是骂我自个儿，骂我自个儿不成器，是个不成器的东西……”军一边回话，一边扛起农具准备走开。

在场的人都听出来了，军的话里明显另有所指。这不成器的东西是指我，或父亲，还是指光棍小哥长山？

还没等雨生和父亲张口劝说，小哥顺手抄起一把出土豆的长把三齿耙，突然冲向军。

身材高大的军立即扭回身，把扛在肩上的铁锨横在手里。

小哥毫不退缩。

呼的一声，军的铁锨带着一股冷风，向冲过来的舅丈搂头劈下来。

幸好身材矮小的小哥灵巧闪过，否则这一锨，一准一命呜呼。

躲过一劫的小哥此时已经不顾一切，三齿耙抡得呼呼生风……

不知是谁先抱住了小哥，也不知谁抱住了军，在太阳刚刚升起的时候，我家门口你哭我喊，我翻你滚地乱作一团。

这时，可能是秀文喊了一声：

“别打了，姥爷不行了……”

人们住了手，这才发现父亲像一个土人一样从一群人的脚下露出来。

我赶忙把父亲扶坐起来，却看见几缕殷红的血，从他左太阳穴旧伤疤处流下来。不知是谁误伤了他。或者，他拉架时自己摔倒，正好碰在石头上……

若干年后，我大致理出了一点儿头绪。其实，小哥长山从来不像我认为的那样绝情绝义，面对一老一少的生活窘境，心地善良的小哥实在看不下去，于是，再三向雨生说情，希望大家合力帮我父子一把。军对这个提议一直是反对的，但小哥没有理会军的态度，这正好给军找到一个就坡下驴的机会——他早就不愿意与岳父合伙了。

这个早晨，三家散伙了，所有村民都目睹了一个亲族关系的分崩离析。

在塞北故乡，千百年流传着这样一句谚语：穷在大街无人问，富在深山有远亲。

我的看法是：不管是夫妻关系、兄弟关系，还是亲戚关系，都是能通过关爱和善意改善的，否则，宗亲关系不会有如此大的社会根基，人类文明更不可能延续和发展。

基于此，直到今天，我都不怨恨军，他是外姓人，勤劳朴素，这辈子娶了身体不好的秀文，本身就是一种牺牲……

贰拾捌

后来的事情，出人意料！

这个秋天，最终向我和父亲伸出援助之手的，却是邻居芳嫂。

芳嫂是雨生的弟媳，她的年龄与小哥长山一样大，有两个非常好看的女儿，大的叫燕，八九岁，小的叫蓉，三四岁。

芳嫂是个山外来的女人，她的男人也就是雨生的弟弟是复员军人，共产党员。早些年，在大山深处，也许只有复员军人和共产党员，才有可能娶到像芳嫂这样漂亮而有文化的外乡女人（芳嫂是那时故乡唯一一个早起刷牙的女人）。而且，芳嫂性格开朗、乐善好施。

其实，山外嫁过来的芳嫂最喜欢的人是琴姐。她嫁过来不久，由于两家只隔一堵墙，琴和她很快成了知心朋友。可能因为这层关系，琴姐和母亲死后，芳嫂常常在生活上给我和父亲以尽可能的照顾。但我慢慢发现，芳嫂的某些主动示好和帮助，好像带有一种给大姐荣一家看的成分。

做给大姐荣看，也就是让所有邻里看。长久以来，大姐荣一家和芳嫂一家总是产生这样那样的矛盾，这在乡村的兄弟之间、妯娌之间是常有的事情。另外，大姐平时对我和父亲的所作所为，芳嫂是非常看不过的，特别是荣对待我这个小弟，芳嫂一直难以理解。于是，芳嫂对我就有意无意地格外关爱。这种关爱在大姐荣看来，就有些挑衅的意味。

父亲的伤并无大碍，擦破的额头几天后就好了。

某天晚上，芳嫂过来对父亲说：

“五叔，不用再找人，今年咱们合伙收秋。”

父亲似乎犹豫了一下，随后感谢着答应了。

秋收开始了。快人快语的芳嫂一开始就决定，为了节省时间和柴灶，秋收期间，两家合在一起吃饭。实际上，我和父亲只是偶尔拿过一点米面，而芳嫂家就不仅是多出两双碗筷的问题了。

然而，秋粮还没有收完，闲话已经不胫而走了。

在乡邻的耳语里，我成了芳嫂的新情人。

芳嫂和某个男人相好的传言，这些年一直不断。自打芳嫂嫁到回鹿山七号营子不久，这种传闻好像就有了。

事实上，芳嫂的确是营子里最漂亮的女人。我不知道她是否能听到关于她与某某人有染，又与某某人有染的闲话，可我从没听过她因此与哪个相好家的女人发生过冲突，更没有和哪个咬舌根的妇人发生过口角。

芳嫂就是一个走自己的路，让别人去说的那种女人。她向来神闲气定，生活有条不紊。有时我想，这难道就是山里人和山外人的区别吗？我承认，男女关系混乱是偏僻乡村多年沿袭下来的陋习，但这里有真有假，不好判断，就像人们说我父亲和杨木匠家的那样。幸运的是，父亲在处理这件事情时，很像芳嫂，他听到了却像什么也没听到，没听到什么，也不去打听，对所有传言，多年一直讳莫如深，不置可否。

由此可见，父亲和芳嫂都是具有超常智慧的人。

我是芳嫂的新情人，如果别人这样说，尚可理解，但这话从大姐荣的嘴里说出来，我万难接受。

事实上，传言中，荣的推波助澜是很难让人原谅的。可就是这个同母异父的大姐，人前人后，不但把长我十四岁的芳嫂说成我的相好，还说这一切都是父亲精心策划的。

“这个老东西，看来他是不准备娶儿媳了。就让他儿子给别人拉帮套吧！”大姐像一个非常负责任的大姐一样，痛心疾首地对一位远亲说。

我没见过母亲年轻时的样子，不知道大姐长得像不像年轻时的母亲，但她一点也不像晚年的母亲，更不像死去的琴姐，这是一个让人常常伤心落泪的大姐。

这样，就由不得别人不信。

像所有当事者迷一样，当这种传言和议论传到我耳朵时，恐怕连山上的松鼠和洞里的地羊都知道了。提醒我注意的是我的小学老师，这个赞赏过我《茅山之战》的知青当时已经返城。某天，我们在镇上不期而遇。

蔡老师是一个非常有责任心的老师。他委婉而明确地提醒我，要特别注意流言的杀伤力。

蔡老师说：

“你太年轻，日后的路还很长。一泡尿淹不死一只蚂蚁，却能淹死一个人。”

蔡老师又说：

“无风不起浪，你太年轻，走好了，前途无量，走不好……”

我呆若木鸡。

难堪、羞愤、伤心一股脑儿地占据了我。

那年我十七岁，按当时的国家法律，还算未成年人，但很不幸，我是一个敏感而多疑的未成年人。于是我想，连调走的老师都知道了，父亲为什么对此一声不吭？难道他一点消息都没听说吗？

我陷入了深深的苦闷之中。

虽然每天仍和芳嫂一家到地里出土豆或割莜麦，但我已经背上了沉重的思想包袱。每当我独自面对芳嫂时，我的心就慌得不行，脸颊也一阵阵烧得不行。我失去了对生活的判断力和最后一点信心。

芳嫂呢，仍然像什么事儿都没有那样，依然风风火火地忙完外面忙家里，忙完地里忙孩子。芳嫂对我父子的态度一点变化都没有，反而更亲热一些。

我却越来越无法排遣心中的郁闷。

终于，一个漫长的秋天过去了，一个冬天也过去了。

第二年秋收时，我们和芳嫂一家继续合伙。但在这个秋天，除了午饭在芳嫂家吃外，晚上，我就找个借口，回家胡乱弄一口吃。对此，芳嫂曾询问我为什么，我只有支吾过去。

父亲一如既往地保持沉默，但我确信，父亲什么都知道了，他明白我为什么这样做。

一天下午，我从地里单独回家，在营子口碾坊旁，从后面赶上来的芳嫂突然叫住我，然后大声对我说：

“城邦你站下，我问你，你躲什么躲？一年多了，你跟做贼似的躲来躲去，你做了什么见不得人的亏心事儿吗？”

我说：

“芳嫂，我……我没，我没躲你……”

“不躲我你躲谁？躲我汉子？躲燕，躲蓉，躲你父亲吗？”

“芳嫂，我……我……”

芳嫂劈头打断我：

“我什么我！告诉你城邦，我是看你父亲可怜才这样做的，合伙秋收是看在你父亲残废的分上，没人管你们！没人帮你们！你倒好，像谁占了你多大便宜似的，你别把人家的好心当作驴肝肺……”

“芳嫂，我是……”

“是什么？你什么都不是！你不就读过几年书吗？你不就会在箱箱柜柜上作张画吗？还没怎么着呢！你倒怕了，熊了！你怕什么？说相好就相好了，又能怎么啦？你愿意，我愿意，谁他妈也管不着……”

芳嫂一改平日的温雅谦和，横眉立目，霎时变得像乡村常见的泼妇悍嫂。

营子口碾坊是秋收乡人的必经之路，此时，秋收者正陆陆续续回来，胆大一些的就放慢脚步，支棱起耳朵，想听听内容。胆小的赶紧加快脚步，远远绕过碾道，急匆匆走掉了。

我被彻底骂蒙了，正满脸羞愧得不知如何是好时，父亲走过来拉住芳嫂。

一吐为快的芳嫂仿佛正等着这一刻，一见父亲到来，立即收住口，露出平和的微笑，像什么事儿也没发生一样，随父亲一前一后回了家。

回家后，父亲和我谁也没说话。

晚饭草草吃过，我就上炕躺下了。

说真的，被芳嫂骂了这一顿，我的心里突然亮堂了许多。我似乎想明白了，芳嫂一家这样一心一意地帮助我们，我竟这样不知好歹，真是狗咬吕洞宾。躺在炕上我想，秋快收完了，我要在这最后几天多卖力气，好好表现，让芳嫂高兴起来。

正这样想着，父亲突然说话了。

由于没有思想准备，父亲一开口，倒吓了我一跳。我猜，父亲肯定会批评我最近的表现，于是很忐忑地听。

想不到，父亲第一句竟说：

“明儿个，咱就不上你芳嫂家了。今秋的大活计也快干完了，剩点零星地亩，两家各自收收尾，也挺圆满。明儿个上午，你去药店给我买点儿药，我自个儿去割完后梁那几垄莜麦。”

我吃惊地侧过脸，看着父亲，半天才疑惑地问：

“怎么，不合伙啦？这样半途散伙，是不是……其实，芳嫂也不是别的意思，是我做得不够好，想得太多，让芳嫂伤心了……”

父亲没让我把话说完，就打断说：

“我知道，不要再说了。这个事儿，就这样定了。明儿个一早，我和你芳嫂去说，就说坝上马场你姨妈病了，捎信让你去一趟。你芳嫂头前说你那几句话，我都听见了，都很在理，以后插空给她赔个不是。你芳嫂是个通情达理的人，比你大十几岁，她不会记恨你的。”

“可我已经想通了，我并没想散伙啊……”我分辩说。

父亲没接着说什么，停了片刻后说：

“有些事儿，是要适可而止的。你慢慢长大了，以后会明白，在一些问题上是不能意气用事的。你芳嫂是个好人，打她一嫁过来我就说过，回鹿山少有这样的女人。她为人好，心直口快，敢作敢当……但是，人无完人，她也有她的短处……”

“可我就喜欢芳嫂这样光明磊落的人！”我说。“再说，要是我们就这样散了伙，不仅芳嫂会恨我一辈子，别人更会说三道四的。”我又说。

父亲深深地吸了一口烟，嗓子又发出习惯性的嘎的一声。这时，窗外传来细微的唰唰的响声。天又开始落雨了。

一场春雨一场暖，一场秋雨一场寒。往后，天是越来越冷了。

“芳嫂对咱们好，是要记一辈子的，报答别人的恩情也要一辈子，两辈子。眼面前的事儿，就要拿眼面前的办法对待，对于一时看不清、看不准的事儿，要往后退一步再说。”

我没有理解父亲这句话的含义。就在我想张口再说什么时，父亲啪的一声拉灭了电灯。

屋里顿时漆黑一片。

“睡吧，天不早了。明儿个你去买药，后天就到你姨妈家去看看。那是你娘最亲的妹妹，自打你娘死后，你好几年没去看她了，别断了情分。走时，给她带点儿新芸豆，她爱吃这口儿。”

父亲根本不让我再说话，带着浓重的鼻音结束了谈话。

我艰难地咽了口唾沫，也咽下了还想说的话。

哗哗哗——，外面的雨声更响了。

贰拾玖

我正式恋爱了。

事到如今，这却是一件很难启齿的事情，因为，与我同床共枕了二十多年的苹果脸一直不知道我这段隐情。我不知道，说出我的恋情会不会伤害到她，如果有一天，她看到这段文字，我希望她能理解。

与我相恋的姑娘叫桂，来自山外小镇。当年她只有十五岁，她是来参加表兄的订婚仪式时与我相识的。

桂的表兄春是我邻居，一个小我两三岁的同龄人。很奇怪，我和春虽然年龄相仿，却不曾有过共情的童年回忆，不知何时，他竟长成了一个影子般的青年。他会修自行车，会吹口哨，极端聪明，伶牙俐齿。而且，家境富裕，因此，能早早就订下婚事。

桂的身高、穿着和含蓄多情的眼风隐瞒了她的实际年龄。不仅我不相信她只有十五岁，整个回鹿山见到桂的人，都不相信她只有十五岁。

桂真是太出众了，丁洁琼式的丹凤眼，小巧的鼻子，鲜嫩的嘴唇，不时垂下的睫毛和看似随意的一瞥——还有她干净整洁的短小的纯棉衬衣，在初夏的阳光下，散发出一种干燥、迷人的香味。

那时，我正在第五遍读《第二次握手》。看到桂那一刻，我差不多立即忘掉了十三岁时心仪的苹果脸同学，那种脑袋轰的一声爆炸的感觉瞬间击倒了我，我不顾一切地爱上了桂。

桂的眼风告诉我：她对在表兄家帮忙的我也有遭雷击般的感觉。

我承认自己很贫穷，但我似乎知道，自己从来都是一个与众不同的青年，虽然小我两岁的春都有了媳妇，但我一点都不担心，有一天自己会被某个女孩儿一眼看中！因为，我是个对《第二次握手》这样的爱情小说百读不厌的青年，是一个能在箱箱柜柜上绘画的青年。

三天后，我用那台破旧的二八自行车送桂出山。

一个月后，我们第二次约会。

在小镇北端伊逊河桥头。

桂那天告诉我：

“你不像回鹿山里的人，你忧郁的目光一下子照亮了我。”

诗一样的感觉，诗一样的语言！在那一刻，我的眼里突然蓄满了泪水。我断定，这是一个真正理解我的女孩儿，虽然她只有十五岁。

从此以后，她成了我多少夜晚仰头凝视的一颗星，就是银河边上最亮的那颗织女星！曾几何时，我一遍遍告诉自己，那颗星就是我将来的女人。

第二次约会从镇上回来，差不多是傍晚了，我的心一直潮湿着。以后的日子我过得异常精确。桂主动约了我下一个月见面的日子，因为她还在校读中学。我们最多一个月见一面。我想，牛郎织女一年才相会一次，我们能一月见一回，简直太幸福了！

恋爱的人，期待着下一次见面的心情真让人没齿难忘。我确信，度日如年这个成语，一定是恋爱中的人创造的。那段日子，我背下了丁洁琼和苏冠兰的所有通信。其中有一封是丁洁琼出国后不久写给苏冠兰的。信的第一段这样写道：

> 兰，我亲爱的好弟弟：时间消逝得多快呀，一转眼，我来到大洋彼岸的异国已经半年了！出国时，还是赤日炎炎的夏末；现在，当我提笔给你写信时，窗外来自落基山麓的凛冽北风，正席卷起团团雪花。兰，此刻你在哪里？你所在的地方也在大雪纷飞吗？你也在思念我吗？

背诵这一段落时，我禁不住淌下了眼泪。

终于到了第三次见面的日子。

我兴奋得一夜不曾睡好。说真的，临近约会的日子，身边的父亲似乎在地球上消失了，我完全不记得父亲这段时间生活在哪里，他还老屋里吗？他说过什么？做过什么？他知道我恋爱了吗？这一切，我完全忘记了，整个世界都变成了一个字：桂。

第二天天刚亮，父亲已经帮我把自行车打好了气，破车子擦得很干净，每根辐条也擦拭得放亮——可我根本不记得和父亲说过我的约会。后来我猜想，父亲洞察我的一切，他洞若观火一样明白儿子恋爱的心。父亲从昨晚我的兴奋中就知道，我今天将去约会。

临走，我看到自行车后架上绑好了一件雨衣和一双雨鞋，马上皱起了眉头。

父亲却说：

“出门在外，有备无患。现今是盛夏，雨说来就来。”

我没有听从父亲的劝告，还是迅速卸掉了雨衣雨鞋。我想，如此浪漫的恋人约会，自行车上绑着个山里人的雨具，多没情调呀！

父亲看着我把雨具扔在墙角，也没再说什么。就在我推车准备走时，父亲突然递过十块钱，说：

“穷家富路，我手里就这几个了，你带着，要是人家愿意，场合适当，就在镇上找个干净的饭馆，吃顿饭……要是谈得顺利，一年半载后，也得考虑送个礼金。大黑头年初又添了一个母羔，现在已经四只黑头了，可以先托春他爹送两只过去……”

我的脸立即发起烧来。

父亲像钻进我心里看过一样。都说热恋中的人有第六感，难道父亲也有第六感吗？

但我还是接过了那十块钱，骑上车，风一样冲向山外。

……可是，这是一次令人不忍回首的约会。若干年后，那情那景还历历在目，甚至，桂说的每一句话都还清晰地回响在耳边。

说到恋爱和失恋，这是绝大多数人可能经历到的情感体验，但每一个人的情感深度是不一样的。情感的深度与情感的倾向性密切联系着。心理学家认为，情感深度虽然与外部表现没有必然的关系，但在人生一些重大转折点上，情感表达的方式，还是把人区分成性格迥异的群体。如果把情感分成庄重和轻浮两种，我可能属于后者。我天性敏感，忧郁成性，但又常常欣喜若狂或暴跳如雷。幸运的是，我还算一个有些信仰，对人生观和价值观不断充实养分的人，否则真不敢想象自己的一生将如何度过。

现在回过头看这次初恋，应该属于一见钟情那种，我的看法是：很多人的初恋，特别是一见钟情，都是一种迷恋，而迷恋是一种浅薄的情感，虽然可能很强烈，但不够深厚，也不太可能持久，因为它缺乏人生的磨砺和思想根底做基础。

那是一个阳光充足的上午。在伊逊河粼粼的波光中，无数只红色蜻蜓飞舞在河面上。盛夏过后就是初秋，初秋后的蜻蜓已经到了生命晚期，它们此时的飞舞已经带有一种生命尽头的最后狂欢。

我在约好的桥头足足等了桂一个多小时。这是望穿秋水的一个多小时。一个个女孩儿从桥头走过，都不是桂。快接近中午的时候，我终于看见桂窈窕的身影出现在镇口。

桂戴着一个戴安娜王妃式的白色软帽，一条乳白色长裤恰到好处地勾勒出少女妩媚的腰身。

桂四平八稳地走向桥头，没有我这般激动，也没有我这般忘情。她在离我有一米远的地方站下了。

我发现，这回桂的眼睛不像恋人的眼睛了，她没有看我，一直看着地下。一棵弯曲的柳树的树冠像一把巨大的遮阳伞，把我和桂罩在下面。在旁边两米远的地方，那辆自行车歪倒在路边——自行车实在太破旧了，它早就丢了车支架，一旦离开主人，就只好歪倒在那里。

我意识到了什么。从桂在我眼里一出现，我就从她从容而坚定的步伐中看出了什么。因此，随着她一步步走近，我激动的心有了另一种感受。直到桂站在我面前，我并没有如事先反复设想好的那样说一句话。虽然，我的心仍比平时跳动得更快，但这种节奏已经不完全是激动之故，而是夹杂着某种恐惧。

桂最终主宰了这次约会，前后大约二十分钟。我没有力气在这里重复她当时的每一句话。桂那天的所有谈话都是含蓄的，有分寸的，但又是客观的，经过深思熟虑而无懈可击的；桂像个比我还大五岁的姐姐在讲关于一个弟弟的未来，但是，这些话从此深埋入我心底，并时时警醒着我。

桂的谈话归纳为：家乡的贫穷，我的懒惰，父亲的毒瘾，还有，我和芳嫂的“恋情”。

当桂婉转说到芳嫂这件事时，我的臂膀和双腿，以及全身所有血脉贯通的地方突然酥麻起来，那种酥麻像无数钢针戳在骨头上，我的双唇剧烈抖动起来。

后面桂又说了些什么，我完全记不得了。但我肯定，她试图用友情之类的话安慰我，比如我们可像兄妹一样交往，还可以通信……但这些我已经听不进去了。我像一个木偶那样，机械地一步步走到卧在路边的自行车跟前，慢慢扶起破车子，头也没回地向家乡方向走了。

阳光仍然炽烈，伊逊河水一如既往地向南流着。大群红色蜻蜓团团围绕在石桥两侧。

我告别伊逊河，告别那个有树阴的桥头，也告别了我的初恋。

三十多里路，我一直没有骑上车子，而是一步步走回回鹿山的。傍晚时分，果然下起了瓢泼大雨，我没有停下来，在电闪雷鸣中走着，在泥泞的路上走着。

快到营子口时，我看到一个身影立在路旁。

原来是父亲。

他披着一块白色塑料布，双手抱着那件雨衣和雨鞋。

在见到父亲那一刻，我的心突然充满仇恨，但我一时还不知道仇恨谁，是桂？是桂的舅舅和表兄？是芳嫂？是大姐荣？还是眼前这个父亲？！

我没有接过父亲递过来的雨具，目不斜视地向营子里走去，父亲则一声不响地跟在后面。

回到家，我进屋的第一件事，就是把父亲早晨给我的十块钱，狠狠甩在堂柜上。

父亲好久都没有跟进屋来。

那天，我和父亲都没有吃晚饭。

那个夜晚，雨渐渐变小了，除了淅淅沥沥的雨声，山里山外安静极了。

叁拾

塞罕坝草原和山谷地带季节的交替向来是令人猝不及防的。当人们发觉蒿草吐出黄穗时，节气已经立秋了。

从立秋到处暑这十四五天的时间，应该是刈草囤积牛羊冬饲料的日子。人民公社时期，这半个月常常是最具收获的季节，也是收获浪漫的季节。试想，全营子的青壮年男女被生产队长召集起来，统一调集在草原深处，搭起窝棚，杀猪宰羊。一男一女搭配好，刈草令一下，一排排丰美的杂草应声倒下，一道道草趟慢慢向前延伸，那场面，实在蔚为壮观。也常常在这个时候，故乡的青年男女容易产生爱情。据说，琴姐就是在这个时候与汉相恋的，她和汉是刈一趟草。二十多年后的一天，当我看到俄罗斯画家阿卡拉霍的油画《有草垛的田野》时，我一遍遍想到这个季节的故乡和琴的爱情。每当此刻，我就会在都市的浊气中闻到青草的香味，仿佛看到一爿爿刈刀在干燥的阳光下一闪一闪地跳动，就像大海在月光下跳动的粼波。

生产队时代已经成为过去。但在秋收正式开始前这段时光，家家分了牛羊的乡户比生产队时代更珍惜这短暂的时光。浪漫和暧昧的味道少了，羊草的数量和质量却大大提高了。这是私有制带给乡村的显著变化之一。

和桂分手后，我病了几天，像很多蹩脚小说中描写的失恋青年那样，我小病了几天。但千真万确的是，当我第四天从炕上爬起来时，满嘴唇都是黄色的燎泡，每当一个燎泡破了，一股又咸又苦的黄水就流进嗓子眼里，让我进一步品尝失恋的滋味。

那几天，我好像没说过一句话。病一好转，我立即买来四爿刈刀，准备了两根刈杆，然后把刈刀一爿爿磨得飞快雪亮，薄如蝉翼。

就在我准备用劳动抚平失恋的创伤时，父亲却突然病倒了。

这次不完全是头疼，他已经伤残了的左臂肿得放亮，像被毒蛇咬过。剧烈的疼痛使父亲在我面前一次次失态，夜里，他几乎叫出声来。

我借来一匹黑马，赶紧把父亲送往乡卫生院。

当时，卫生院这个叫法还没有叫开，大门口两侧的土墙上，还有“人民公社好”的白色标语。

乡医是我中学物理老师的男人。他只看了一眼父亲青肿的胳膊就说：

“崴泥了吧？这回扎到石砬子上了，这是典型的沥青中毒，弄不好，你这胳膊得锯了。”

父亲心虚地看了我一眼，又赶紧把目光移开。我好像明白了，是父亲扎了假大烟，这种酷似鸦片的大烟多半是由沥青伪造的。之前我虽偶尔听到假大烟害人的传闻，但不想首先在父亲身上验证了。

一股血直冲我的脑门。与此同时，物理老师的男人用一根粗针刺了父亲胳膊一下，一股稠黄的液体突然喷起来。乡医是有准备的，但父亲和我没有准备，脓液霎时喷了父亲一脸，我被吓了一跳。

我死死盯了一眼父亲，我发现，这哪里是我父亲！他此时像一个卑琐失态的乞丐，那浓密花白的头发，浮肿耷拉的眼皮，因痛苦变得痉挛的土脸，那肮脏的脓液……

我一个箭步冲出诊室，像一个逃避死神的孩子那样不顾一切地冲出卫生院大门。

我没有骑回那匹借来的黑马，把它留给了接受乡医治疗的父亲，我知道，父亲比我更需要这匹马。这一细节，也是我日后每想到此事略感安慰的地方。

独自回家后，我背上炒面袋、火枪和刈刀向响水草场进发。

当天晚上，我就在一个青草肥美的桦树林边搭好简易窝棚。

第二天我开始刈草，然后是第三天、第四天……

我在响水整好干了十五天。刈了八十多道草趟。其间我还猎杀了两只獾和一头矮鹿。当我把那只矮鹿拖回窝棚剥皮时，才发现这是一只母鹿，异常饱满的乳房上鼓胀着一对鲜嫩的乳头。按矮鹿的繁殖期推算，立秋后，正是母鹿的哺乳期。

当锋利的刈刀划破乳房时，雪白的乳汁哗的一下流出来，就在我一愣怔间，温热的乳汁迅速洇入草地。

这更是一个不堪回首的细节。仅仅四个月后，我离乡入伍，成了一个职业枪手，但鬼使神差，从此我再没有猎杀过任何生命。随着岁月流逝，我越来越不能原谅当年的猎杀行为，尤其不敢回首矮鹿那雪白、温热的乳汁……

以后几天，乡亲们陆续来到草场，他们几乎惊呆了：一垛垛羊草像一座座碉堡那样错落有致地排列起来，一眼望不到头，他们也许会问：这是那个游手好闲的青年自己干的吗?

当更多的乡民上山刈草时，我已经超额完成了任务。我尽量躲开人们的目光，下山回家。

到家已近黄昏，却发现一把新锁锁住了风门。

这时，我似乎才想起十多天前发生在卫生院的事情。一想到父亲的胳膊，我开始有些惊慌起来。

隔壁芳嫂见我回来，大声喊我过去。她告诉我，父亲被八队的耀祖舅舅接走了。临走，父亲把钥匙放在芳嫂家。

最后芳嫂说：

“你父亲不希望你去找他，他不想连累你。你自己过好日子吧。”

芳嫂说这话时，手里忙着活计，眼睛一直看着别处，面无表情，像对一堵墙说话。这种表情我是熟悉的，这是雨生姐夫对我说话时的一贯表情。

拿着钥匙回到老屋门口，我却没有要打开屋门的欲望。我知道，屋里没有了父亲，还能有什么呢？这两年，我不正是与父亲相依为命吗？

我靠着门旁山墙站了好久好久，实在站不住了，只好瘫坐下来。

就在夜幕完全笼住整个营子时，大门口走进一个人来。

是小哥长山。

小哥一声不响地站在我跟前，在那一刻，我的眼泪一下子就涌了出来。

这时，我已经快一年没有见过小哥了。

他年初离开了回鹿山，成了几十公里外的五道川三伯侯百慈家的一员。更确切地说，小哥长山代替了堂哥宝林的位置，仿佛命中注定，我这个同母异父的小哥，必定会为三伯养老送终。

《望青山》

玲珑彩瓷板画 | 66cm×40cm | 侯恕人作 | 2023 年

* 出山年久的父亲常常把儿子带回群山之中。长大后的儿子什么都没有说过，但他的画笔点染的，却是山的灵魂。

叁拾壹

不久前我才读了胡适先生记述母亲的文章，我很喜欢先生从容、平白的叙述，虽是忆文，却并不怎么悲伤，这也许正是我前文中提到的庄重情感。与此相比，我对亲人的情感就表现得轻浮，比如此文中就多次写到我的“眼泪”。其实，行文时我未必不想像大师那样克制情绪，用冷峻的词句来代替眼泪和哭声，但失败了。因为，回忆青少年生活片段时，我没法用一个中年男子的心情来表达少年之心，我真切地欢喜过、哭过、痛苦过，无论是庄重还是浅薄，那就是真实的生活，也是真实的情感。

那年秋天，小哥和军动手后，军终于达到了散伙单干的目的。之后几年，军在农田劳作上，一直与岳父雨生家保持着若即若离的状态，也正是这种状态，在某种程度上，加重了雨生越来越重男轻女的思想倾向，这给以后三个女儿秀芝、秀芬和秀云的情感和婚姻造成了很大的负面影响。当然，这是另一话题。

第二年初秋，某个雨天午后，一匹快马突然来到我家门口。父亲刚刚迎出来，那个陌生的青年立即下马，给父亲跪下磕了个头。

这是故乡晚辈给亲戚朋友报丧时的礼俗。父亲愣了片刻，认出了这个青年，他是五道川堂哥宝林的妻侄。

当时，父亲和我都以为是三伯侯百慈亡故了。

然而结果令人震惊，是三伯唯一的儿子宝林当日早晨突然去世了。

宝林其时刚刚三十五岁，他像我一样，十来岁时失去了母亲，三伯没有续弦，独自抚养宝林和女儿宝霞。精打细算的性格让三伯有能力使宝林读过几年书，并娶一个穷家的女儿为妻。

婚后第二年，宝林生下女儿菊，但这个孩子生来孱弱多病。记得菊在四五岁时，天灵盖上的骨头还没长全。那时，我每次看见这个堂侄女，就被她那会“喘气儿”的天灵盖深深吸引。菊的天灵盖当时就像刚破壳出来的小鸡的屁股一样，忽上忽下地喘气儿，看着那个喘气儿的地方，我的胸脯也随着它的节奏翕动起伏着。有那么一刻，我甚至怀疑，莫不是堂侄女的心脏长到脑袋里去了？

堂哥宝林死得过于突然，后事也一波三折。

提出疑问的是堂姐宝霞。她对父亲说：

“五叔，我哥死得不明不白，怎么好好一个人，头晚得病，第二天早晨就死了？”

宝霞又说：

“要是我爹在家，我不说啥，咋就偏偏我爹来我家才两天，哥哥就死了？”

原来，宝林死时三伯不在家，他去女儿宝霞家了。

宝霞和三伯差不多和我们同时接到丧信。

三伯老年丧子，痛彻心扉，加上耳朵背，说话磕巴，此时已经完全没了主意。

接到丧信，父亲、我、小哥长山和姐夫雨生一行人立即奔赴五道川。

父亲是主事人。

他先把堂嫂单独叫到东屋，要求堂嫂做出合理的解释。但堂嫂偏偏又是一个从来没有经过大事的女人，平时说话就颠三倒四，此时连惊带怕，更是语无伦次，她结结巴巴说不成一句完整的话。

堂嫂的娘家却未必人人愚笨，于是，就有多人挤上前来，替堂嫂描述这一夜间发生的事情。

归纳起来是：昨天下了一天大雨，秋雨很凉。晚饭，堂嫂热的是黄米面年糕。干活回来的堂哥吃完饭后就睡了。晚上八九点钟时，堂哥说肚子痛，堂嫂给他吃了两片阿司匹林，不管用，还说疼，让堂嫂给他揉揉。堂嫂给他揉了，却越来越痛。这时已经半夜，外面的雨下得更大，哗哗哗的，还夹杂着冰雹、雷声和闪电。堂嫂说，去镇里请医生吧？堂哥却担心营子口那条河发大水冲走堂嫂，不让去。于是，堂嫂又给宝林吃了两片镇痛药，然后盼着天亮。但天快亮时，宝林的汗下来了，是冷的，神情也开始恍惚。堂嫂这时才想起应该向邻居家求助，就叫醒七八岁大的女儿菊看着她爹，自己冒雨叫来了邻居。

邻居一家证实说：看到宝林时，好像快不行了，赶紧帮忙把病人抬上手推车，大家打着手电，冒雨往镇上赶，但到营子口时，被汹涌的洪水阻挡住了。最后，还是堂嫂冒死蹚过洪水，等请来医生时，堂哥已经在河边咽气了……

父亲找来乡医。乡医说，他没有做诊断，听家属描述，症状像是肠梗阻，是黄米面年糕要了堂哥宝林的命。

据说，堂嫂请医生回来后就一直光着脚，她的鞋被洪水冲走了。

这时，我看了一眼堂嫂，她瘦弱，苍白，两眼发直，像个地道的乡村傻妇。

关于堂哥的死，我只能说这些，不论堂姐宝霞说什么，我坚信堂嫂一辈子都不会有相好的，奸夫害本夫这样的事情绝不会发生在堂嫂身上。同时我也清楚，父亲比我更坚信这一点，但不知何故，父亲竟允许大家，特别是宝霞，这样那样地吵吵了半天。

其时，死人宝林躺在本来为三伯预备的棺材里，一时不能入土。

就这样过了一夜。

第二天一早，父亲单独出去了一会儿，他可能去了当地支书家，这个杨姓支书是宝林母亲的侄子，也就是宝林的亲表兄。

父亲回来后，就向堂姐宝霞板起面孔，然后让她闭嘴。

堂姐起先还哼哼唧唧地想说什么，突然看到我父亲盯住她的目光，就噘起嘴不再哼唧了。

与堂哥宝林一样，宝霞更怕这个五叔。

堂哥宝林在午间下葬。

三伯完全垮了，这个一辈子精打细算的老人，除了巨大悲痛，随即想到了他的家业谁来继承的问题。

说来简单，三伯的算计和堂哥的勤劳已经小有成效。当时堂哥家已经有四五十只绵羊，车马牛俱全，这在改革不久的乡村，完全算得上富裕之家了。

埋了堂哥，父亲把姐夫雨生和我叫到房前说：

“你们都回吧，让长山先留下来，帮着收收秋，人已经死了，粮食不能烂在地里。”

姐夫雨生没有反对，小哥长山就这样和父亲一起留了下来。

父亲五六天后回来。

二十多天后，小哥长山也回到回鹿山。

入冬后不久，传来堂嫂要改嫁的消息，父亲立即又去了五道川。

几天后父亲回来，与雨生谈了几回，谁也不知道他们谈了什么，然后又返回五道川，如此者再三。最后一次，随父亲去的是姐夫雨生和小哥长山。

三天后父亲和雨生回来了，小哥长山没有回来。

这时我才知道，小哥与寡嫂结为夫妻，从此留在了五道川三伯家。

这件事情，是我后来才知道的。

那个冬天我外出作画，离家时间很久，那是我漆画画得最多最好的一个冬天。

据说，在堂嫂改嫁这件事情上，堂嫂的工作很难做不说，三伯更是坚决反对。他希望堂嫂就这样守着女儿过。但堂嫂的娘家人不干，他们说，凭什么一个三十来岁的女人就守着一个孤老头子和多病的弱女生活？将来她老了，谁来管她？！娘家人的意思是想把堂嫂嫁回娘家附近。

父亲的反复出面，让一件复杂的事情变得相对简单。他到底如何做妥堂嫂、堂嫂娘家和三伯的工作，我一直没有过问过。但听说，父亲一开始是站在堂嫂的立场上，他第一个赞成堂嫂改嫁。因此父亲和三伯发生了激烈的争吵。

看到三伯在父亲面前抄起菜刀要抹脖子，善良的堂嫂妥协了，她说她不嫁了，就这样守着女儿和公公过完余生。

这时，父亲表态说：

“他嫂子，你是个有情有义的人，既然这样，那就让长山过来吧。长山是在我跟前长大的，虽然人长得矮了点儿，脾气犟了点儿，但人心肠好，又勤快，年龄也相当……”

堂嫂想了两天，终于点了头。

但想不到三伯居然不同意，他看不上小哥长山，认为长山比宝林差太远了！

这回父亲动了怒，他到厨房拿过那把菜刀，毫不迟疑地递给三伯说：

“来，你抹了吧，现在就动手，省得将来死了没人埋你，抹完了我好埋你！”

三伯没有接过菜刀抹了。他气呼呼地抹了一把悬空的鼻涕，转身回自己屋里了。

后来我发现，爱财的人一般是不会自杀的，哪怕他的财富只是几只绵羊。

父亲去世后不久，我当兵回乡去看望三伯，就是老人给我未婚妻三百元钱那次，三伯趁别人不在跟前，突然诡秘地对我说：

“你叔这辈子，短见呀，要不是他当年瞎做主，现在这个家底，还不都是你的？！你是侯家的骨血，根正苗红，宝林死，宝霞嫁人就成了外姓人，我死后，这些家业就应该是你的！可他让长山来捡这个便宜……”

三伯随后抹了抹鼻尖上的清鼻涕说：

“你叔那个死鬼，糊涂呀，他说长山跟你一样，能一样吗？长山虽然姓了侯，但那不是侯家的根儿，没有骨血，再说，长山是异族汉人，哪里有我们满洲人的情义……”

这时，恰巧四岁多的侄子捷跑进屋来，这是小哥过来一年后，堂嫂生下的男孩。

三伯有些恶狠狠地扫了一眼孩子，说：

“你睁大眼好好看看，这个孩子是侯家的根儿吗？他是宝林留下的吗？你看那眉眼，哪一点像宝林，哪一点像侯家的根儿？”

我笑了起来。不用细看，捷就是小哥长山的儿子，遗传是没有办法掩盖的。小哥离开回鹿山的第二年初冬，我入伍走了。但是，我第一次回乡探亲时，大姐荣很郑重地告诉我，这个小名叫捷的男孩其实是堂哥宝林的遗腹子。意思是说，宝林死时，堂嫂肚子里已经有了这个孩子。

当时我还信以为真，后来才明白过来，这不过是荣为了防止我日后争夺三伯家的家产的一剂预防针罢了。他们盘算，如果说捷是宝林的遗腹子，那三伯死后的家业就有了名正言顺的继承人。好笑的是，不但大姐这样说，连堂嫂也曾亲口对我说过。看来，家财对任何一个乡下人来说，比什么都重要。

好在，我想都没有想过，有一天要继承三伯家的家业。也不知道，到底是哪位高人出此高招，但我必须如实来说，就连忠厚的小哥长山，也成了“变节者”。他对此事的态度始终是暧昧的。这是否说明一个道理：再忠厚的人也会有私心？幸运的是，小哥和堂嫂如今仍然恩恩爱爱地过着乡村的日子。

父亲死后的第七年，三伯侯百慈亡故。小哥长山夫妇体面地安葬了三伯。之后不久，我回乡出面，让小哥举家迁回了回鹿山七号营子。这样做有两个考虑：一来，可以照看一下父母的坟冢；二来，我回家也有个落脚处。遗憾的是，三伯和堂哥至今还葬在五道川一个山脚下，日后也许会成为荒冢孤坟。

有一回，堂嫂说起往事时对我说：

“那时也怪了，我谁也不信，就信菊她五爷一个人的。他是你们侯家最明白的人，他说的话我也爱听，我就知道，听他的准错不了，你小哥长山，除了没念过书，其他都挺好……”

堂嫂说到这儿，突然不好意思地笑了，然后问我：

“我这样说，你不生气吧？其实宝林也挺好的，我怎么也不信他像琴一样，原来是个短命鬼。”

我欣慰地笑了，说：

“小哥堂哥还不都一样，都是我哥哥呀。”

从这以后，我发现，堂嫂其实是一个很幽默很乐天的女人。

现在，这个酷似小哥的侄子捷长大成人了。几年前当了兵，成了一名技术不错的士官。

有时我觉得，这个侄子之于我，似乎是上天给的，不论他是堂哥宝林的，还是小哥长山的，我这个叔叔总是跑不掉的。

当苹果脸妻子听到这段故事时，连连摇头说：

“太复杂了，你们家的人物关系比长篇小说还复杂，一般读者根本读不明白！”

但是我想，能耐着性子读完这篇文字的读者，都应该是我的亲人，再复杂的亲情，亲人们也是清楚明白的。

叁拾贰

从五道川回到回鹿山的小哥是专程回来报喜的。

他说嫂子（从此我不能再叫堂嫂了）三天前生了个儿子，母子都很健康。

小哥这次回来，没有先去大姐家，而是直接进了他曾经生活过三十年的侯家大门。

见我突然哭得伤心，又看见紧锁的风门，小哥明白了什么，他扶起瘫坐在门旁的我，又拿过我手里的钥匙打开了房门。

几只老鼠乘机从老屋里蹿了出来。

小哥和我简单弄了点吃的。吃完，小哥说到前院大姐家打个照面就回来。

小哥走后，我就在昏暗的灯光下等他回来。

那些老鼠可能认为，它们已经是这个老屋的主人了，于是在我发愣的时候，一只只从暗影里溜达出来。其中有一只母鼠拖着大肚子，竟奋力跳到炕头的饭桌上，瞪着一双好奇的鼠眼认真打量我。

我的心既寂寞又紧张，十几天没人气的老屋让人感到阴森可怖。我简直不敢相信，这就是我生活了十七八年的家，倒像掉进一个冰冷的古墓。看来，所谓的家，绝不是指一幢房子，而是亲人和亲情，没有亲情的家是让人恐惧的。

半个时辰后，小哥终于回来了。我高兴得忘记了一切，像一个突然回到童年的孩子。

然后，我和小哥又并排躺在一个炕上了，这是四年前那个雨夜小哥搬走后，我们两弟兄第一次躺在一起。

我的心慢慢温暖起来。我想，我是多么爱小哥啊，这种爱也许超过了对父母的爱。

那天夜里，我向小哥说了很多很多，关于他搬走后我的痛苦，关于土地，关于牛马，关于琴姐的自杀和母亲的死亡，关于父亲对小哥的评价，关于父亲的毒瘾，关于我的初恋……

小哥一声不响地听着。他不是一个会说的人，也不会表达感情，但他心里是明白的。

说到父亲对小哥的感情，他承认，不管对父亲有多少不满，如果没有这个继父，他也许一辈子不会娶妻生子了。

天快亮时，小哥说：

“明儿个赶早，我们应该去把叔找回来。”

第二天上午，小哥和我一起来到了八队耀祖舅舅家。

一条大狗很不友好地把我们挡在大门外。在旁边起圈（起圈，是把牛圈或羊圈里积存多日的粪便清理出来）的耀祖舅舅喝住大狗，随后把我们让进院子。

父亲以我熟悉的姿势坐在东屋炕上，他没有和我说话，也没有看我，只是和小哥进行了几句简单的问答。

一条纱布还吊着父亲那只溃烂的左臂。我想，那一定是十多天前在乡卫生院治疗时吊上的。

舅母和表姐打了声招呼就去了西屋。耀祖舅舅给小哥让了座后，示意我坐在柜前一个木凳上。

我没有坐，倚着堂柜站着，进屋后，我一直低着头。

不知道当时父亲对我的到来是否有思想准备。但大家的沉默让这个仲秋的乡村农舍显得无比沉闷。

一向不怎么当众说话的小哥，这时对父亲说：

“叔——，城邦很后悔让你生气，这回来接你回去……”然后把头转向我，“城邦，你说！”

当我终于说出想请父亲回去后，父亲和耀祖舅舅一时都没有接话。

过了片刻，父亲才开口，他说：

“你们哥儿俩能来叫我回去，我记下了。特别是长山，安家另过了，还惦着我。但这次我想好了，就不回去了。我年岁大了，又有这不争气的病，可一时半会儿又死不了。这样下去，对城邦一辈子不利。”

这时父亲看看我说：

“你头前处那个对象的事，我也和你舅分析了，人家不光是嫌咱穷，我这个爹也是个拖累。你上山打草后，我听说响水林场的羊倌不干了，就去了一趟，场里也愿意让我重新回去放羊。本来，要不是琴死，我会一直干下来，毕竟月月能开几块工钱。你舅这次把我接来，是我捎的信儿，想让他帮我养养胳膊，再过几天，我就可以去放羊了。如果我慢慢能戒了这药，就给你攒两个子儿，对你日后处对象也有好处，这是从小处说……”

父亲说到这儿，突然低下头看着自己的脚。

父亲脚上的袜子破损得厉害，大拇指和脚后跟全露在了外头。

父亲把话头停了一下，抬头扫了一眼窗外说：

“你也别多想，我这不是和你赌气，人世没有百年不散的筵席。我老了，你成人了，也该到你自个儿合计自个儿日子的时候了。这几天，我一直琢磨，这些年，这里的地薄了，人也薄了，但凡有一点希望，你都应该离开这个地方。俗话说，人往高处走，水往低处流啊！你在这山里，终将像我一样老死一生。从大处说，人要过好活好，不应该只想着自个儿，就是皇帝，也是人子，前日广播上不是说，主席还给家里寄三百块钱呢！前天，你舅突然提醒我，说你前后读了十年书，不比我当年大字不识几个。要是你体格可以，当兵也许能行，真有一天老天开眼，你出息了，就能帮助其他人，总比你一个人为自个儿挣个嚼口强！可我就不知道，现今这政策，能不能让你去体检。我历史上那个事儿和你姥爷的地主成分，可能都对你不利，你也抽空到大队问问，村支书张振是个有见识的人，民兵连长王真又是复员兵……”

说话间，父亲卷好了一支烟，点上火深深吸一口说：

“你舅知道，按说当兵这条路，我是不愿意想的，我以前也和你说过，好男儿不当兵，靠行伍吃粮毕竟是下策，赶上打仗，不管这仗该不该打，不管你愿意打不愿意打，你都得打。可是事到如今，你舅就劝我，我也听进去了，想明白了。听说广西南面那个仗快打完了，就是不打完，保家保国是不能含糊的事儿，就像当年我们打日本，死了那么多人，成千上万，有时把枪架在战友的尸体上……但是，不打行吗？不拼死打，日本鬼子就不投降，我不是一个怕死的人，只是不愿意中国人自个儿打中国人……”

不知为什么，这时我突然想哭，但我努力忍住了。

耀祖舅舅干咳了两声，他用干咳打断了父亲的谈话。

耀祖舅舅看看我，又看看小哥，然后对父亲说：

“我看，城邦也是个懂事儿的孩子，他这回上来，也是不希望你这样走。长山也来了，他也不希望你再去放羊。要我看，让城邦当兵还是个道儿。这件事儿你不支持他，就是体格验上了，也走不了。我听说，现今的政策宽多了，地主成分已经不重要了，至于你那点历史问题，不是已经说清楚了吗？我倒是担心，听说一个儿子算独生子女，现今又剩你爷儿俩生活，就怕这个影响了。我还听说，这几年因为在广西南面打仗，一些有门子的人倒不愿意当兵了，说不定，这倒是个机会。”

耀祖舅舅说到这儿，扭过头问小哥：

“长山，你也是当父亲的人了，你说，我说的在理不？”

小哥使劲点点头说：

“我赞成弟弟当兵去，要是这样办，叔一定得回去才行。”

“那你的想法呢？愿意当兵吗？”舅舅问我。

我迟疑了一下，说：

“我暂时还没想这个，这次，就是想把叔接回去。”

耀祖舅舅笑了，对门外喊：

“他娘，那就快做饭，吃了饭爷儿仨好回去。”

父亲在炕上动了动，再没说什么，掐灭了抽了半截的卷烟，然后问小哥：

“孩子几斤？”

“没称，有五六斤吧，反正不胖。”

“起名儿了吗？”

“还没有，他嫂子说，让你给起。”

想了一会儿，父亲说：

“那就叫捷吧，捷报的捷，战争时期，谁都愿意听到捷报……”

午饭后，小哥、我和父亲告别耀祖舅舅一家，回了家。

进屋后父亲爬上炕，看着小哥和我忙里忙外地在一起，父亲露出了非常少见的笑容。我偷偷扫了一眼父亲，发现他的牙齿又少了两颗，父亲的牙已经掉得差不多了。

第二天，小哥就回五道川了。看得出来，小哥深深眷恋着自己五道川的家。他归心似箭的心情我完全理解，如果不是为了和我一起把父亲劝回来，他决不会耽搁一天一宿的。

小哥长山头脚刚走，大哥国和二哥忠突然来了。

两匹高头大马一拴在院门口，我家顿时风光了不少。

果然，两位兄长也是为了父亲和我的矛盾而来的。

见父亲已经回来，大家都很高兴。

父亲吩咐，赶快张罗着做饭买酒。

芳嫂被父亲叫过来帮忙，几个简单的青菜，一盘韭菜炒鸡蛋。塑料桶烧酒一上桌，国率先端起一盅酒说：

“按说，老爷子在这儿，有话得他先说。可是，今天我们是专门为老爷子的事儿来的，我就先说了。”

国是大高个儿，穿戴干净利索，盘腿坐在正位上，像个指挥连的长官。他端着酒盅的胳膊一直没有放下，继续说：

“按说，我和城邦不是一个爹，也不是一个妈，没有一点骨血关系，为啥我今天要充大尾巴鹰来叨叨？因为，我和忠、长山是一个爹。我爹死得早，老太太当年往前走的时候，我正在部队，先不知道，后来知道了，也就一个态度：不同意。不过那时没法子，好不容易留下忠，老太太还是嫁到了侯家。至于这些年，老太太和长山过得咋样？我认为不赖。为啥我说这个？我亲妈死时我四岁，老太太嫁给我爹时我才五岁，五岁的小孩子知道啥叫亲爹亲妈？从过门就是老太太搂着我睡，每天尿床让老太太溻湿窝子。从五岁到二十岁当兵走，整整十五年，我不觉得老太太是后妈。虽然老太太平时脾气不好，有一回失手把我脑袋打漏汤了，可只这一回，老太太差点没哭死。就凭这个，我对老爷子就得高看一眼。早些时候，我就听到有人戗戗，说城邦对老爷子如何如何，我还不信。前几年城邦在忠家上学时，不挺仁义一个小孩儿吗？怎么，上了学，有了文化，说变就变了？几天前才听雨生说，老爷子要上响水当羊倌，六十多岁的人了，那不是跟要饭吃差不多了吗？我一听就炸了，把忠叫来说，不行，咱俩去回鹿山和城邦叫一场。要真是那样，老爷子不用去响水，就来我家放我那几十只羊。不给放羊钱，管他扎几针药，死了，我打口棺材一埋，我就不信……”

国越说越激动，举了半天的酒盅啪地蹾在方桌上，突然指着我大声说：

“城邦你自个儿说，是要人，还是要脸……怎么着？我还听说，你小小年纪还有相好啦？啊？有相好的还当什么兵？我就不信，一个亮亮堂堂的爷们儿，就说不上媳妇了？穷算什么，我也穷了大半辈子，可大闺女小媳妇排着队……”

我无言以对。

恰巧芳嫂往桌上端菜，父亲赶忙打住国的话头说：

“他大哥，先喝酒，先喝酒，家里这点儿事，喝完酒再说。”

二哥忠扫了一眼满脸通红的我，端起酒盅，嗞的一声干得利落。

就在这时，大姐荣和雨生走进院来，芳嫂借口回去拿件东西，乘机走了。

太阳偏西，这场酒才喝完。国有酒量，自己还能上马。忠也有酒量，却已经东倒西歪，好不容易从这边骑上去，却一头从那边栽了下去……

国当兵六七年，退伍回乡后，娶了当地最美而且有文化的姑娘为妻，生一男一女。就在女儿三岁大时，国不知为什么和一个很丑的姑娘好上了。这个有文化的大嫂和琴姐一样想不开，有一天自己吊死在牛棚里。

二哥忠那时也是一儿一女。婚事是国一手操办的。

叁拾叁

关于我的从军和军旅生活，我一直没有认真书写过。除了二十世纪八十年代中后期的日记中记录一些片段外，我像有意把这段生活存封起来了。写到父亲，我知道已经无意中开启了另一种生活的闸门。毕竟，二十六年不是个短日子，在人的一生中差不多占去了三分之一。我希望陆续写出我的从军经历和感受，并尽可能真实地还原历史的本来面目，虽然这是一个普通人的历史，但我认为，人类文明史就是由绝大多数普通人创造的。

1984 年，南方还有炮声，“猫耳洞”这个词正在全国走红。虽然几经努力，但我还是没被允许去体检当兵。理由不是父亲的历史问题和外公的成分问题，而是父亲年老体迈和多病。

国家最基层一级政府说：如果我当兵，父亲将无依无靠，这是国家不提倡的。

那一年，同乡的另外两名青年光荣入伍。他们服役的地方不是广西，而是山西。他们后来成了煤老板，那时的中国军队还允许搞生产经营。

就是那个冬天，塞北草原天寒地冻，而且一个冬天都没有落雪。

接近年关的一天清晨，大姐夫雨生带着一股寒气，急匆匆地闯进屋来。

一进屋就对着灶间的父亲说：

“大黑头不见了。”

父亲愣了一下。

“啥时候？”父亲一边往起站一边问。

“刚才，要撒羊时，看见圈门的铁丝被剪断了。数了几遍，只少了大黑头。”雨生说。

父亲没再问什么，披上皮袄就和雨生一前一后出去了。

生产队解散后，全营子乡户共同出钱，雇了一个光棍汉当羊倌。由于我家只有这几只黑头，不值得建一个羊圈，就一直寄养在雨生家的羊圈里。

塞北天寒，冬天的羊圈有顶棚。顶棚不高，土坯圈墙却不矮，有两米高。主要是当地过去的民风传下来的形制，一来防土匪打劫，二来防狼。早年这里野狼成群。

父亲和雨生急匆匆来到羊圈前,发现那把铁锁还吊在双股铁丝上,但铁丝被齐齐地剪断了。

雨生打开掩着的圈门，俩人一起进去，又把羊仔细数了一回，果然只少了大黑头母羊。

屈指算来，这只黑头母羊已经属于老年，早已子孙满堂。大黑头自己两年前就绝育了,但父亲一直不肯处理它,仿佛一定要养它善终。雨生和我都知道为什么，连左邻右舍也清楚父亲的心情，因此，从来没人对黑头动过心思。黑头羊这一脉，成了全营子最自由生长的羊。

雨生说，前一天晚上他亲自锁上圈门，五十五只羊一只不少。

从羊圈里出来，父亲站在圈门旁，认真看了一遍被剪的铁丝，然后抄起手沉思了一下说：

“老虎钳剪的，应该是下半夜。”

接着，父亲猫下腰，想在圈门附近找找脚印，但这是徒劳的。这个冬天没有雪，大地被冻得像块钢板，要想看清人兽的足迹根本不可能。

“今天就不撒场了，用草喂喂吧。”父亲对雨生说，“我到营子外转转，也许能找到些线索。”

雨生应了一声，然后长长叹了口气，神情十分沮丧。

我一声不吭地看着父亲，一时不知该如何是好。

父亲看了我一眼，说：

“你站这儿干啥？该干啥干啥去……对了，要不，你去买几刀烧纸，明天是小年，也该给死去的人上上坟了。”

就在我准备离开时，突然听见父亲对雨生说：

“雨生，去把大狸子给我抱来。”

大狸子是雨生家养了多年的狸猫。这只猫性情温驯，而且认亲。它从来不到别人家串门，只愿意来我家，不管有没有好吃的给它，它都表现得实实在在，落落大方。大狸子平日与父亲处得最好，当父亲坐在炕头抽烟时，它就偎在他腿旁打起呼噜，像在自家炕头。有时我不免想，大狸子真是只好猫，比大姐荣对我们还亲近。

西山巅见红了，太阳很快就会从东山冒出来，突然刮起了西北风，羊圈周围的杨树枝条吱吱地叫起来。

军家的大柴狗一直蹲坐在大门口，竖着耳朵注视着这里。

当父亲独自一人向七号营子的制高点走去时，大柴狗突然冲着羊圈狂吠起来。

雨生回头看了一眼大柴狗，忍不住骂了句粗话。雨生其实骂得对，这只不认亲的狗，昨天夜里莫不是睡死了？还是眼见恶人行窃却胆小怕死才一声不吭？

父亲没有回来吃早饭。

当红彤彤的阳光铺满冬天的原野时，我骑车出了营子。

在营子制高点那棵几百岁的大柞树下，父亲的身影瘦小而孤单。

买好烧纸返回时，已经是中午时分。

拐上一个长长的陡坡，就快到家了。就在我准备停下喘口气时，突然发现营子最南头的孙二林家门口，围了一帮人。

我吃了一惊，预感到可能与我家丢羊有关，于是赶紧往回走。

果然，孙二林弟兄三人正怒目而视，一字排开堵住敞开的院门口。

整个回鹿山都像变了形，气氛显得很紧张。

父亲站在三人对面，在父亲身后，依次是雨生、秀文、秀芝、秀芬和秀云，两个年幼的外甥和一帮交头接耳的乡邻躲在更远处。

只有乡民刘战像个悠然自得的摔跤裁判员，倒背着手在父亲和孙二林周围踱步，他神情既严肃又欢快。

要知道，方圆几十公里，都没人敢惹孙家三兄弟。这是当地有名的三条恶棍。因为家贫人懒，三兄弟无一人娶上老婆，老大四十，老二三十五，老三三十三。兄弟三人岁数一大，一个比一个破罐子破摔。以老二孙二林为首，在回鹿山欺男霸女，偷鸡摸狗。真是臭味相投，三兄弟最好的朋友，也是他们的恶行高参，就是乡民刘战。促成孙刘结盟的另一个原因是，孙二林和刘战是当地数一数二的象棋高手，不论春夏秋冬，二人常常在营子头那棵大柞树下支起木桌，摆上拳头大小的象棋，噼噼啪啪，捉对厮杀，引得一群乡民围成一圈扒眼。每次对决，观众自然分为两派，呐喊助威，倒也成了七号营子一处热闹。

但是，孙家兄弟也有不主动招惹的。他们不招惹的男人是父亲和小哥，女人则是芳嫂。

据说，孙家三兄弟都曾打过芳嫂的主意，结果人人惨败。某一年夏天，最凶悍的孙二林脑袋破了个口子，鲜血流了一脸，是芳嫂一酒瓶子的杰作。

他们为什么不欺负我们，有人说他们惧怕我父亲，有人又说，孙二林其实最怕小哥长山。小哥与孙二林同岁，小时候打起架来，真不要命的是小哥。

我把自行车靠在一棵柳树上，冲到父亲身边。这时我发现，父亲没戴皮帽子，却用一根粗麻绳扎起了腰，而且，今天父亲并没有像往常一样戴棉手闷子——父亲左小臂当年被刘战弄残后，十分怕冷，一入冬就得戴上棉手闷子。

与虎背熊腰的孙家三兄弟对峙，我和父亲处在绝对劣势。

我的心狂跳着，心想，要是小哥长山在就不怕了！

这时我听父亲说：

“二林，时候不早了。这么僵着不是个头儿。咱们乡里乡亲几十年，都不要撕破脸皮。你给个痛快话，咱好说好讲，你当着大伙儿的面，打开偏厦门，要是找到黑头，我一不告你，二不骂你，死羊的毛我都不要一根，你哥儿几个过年也算个嚼口。开春你只还我一只活羊，要母的就行，我留个养材。要是找不到黑头，我就把剩下的六只小黑头赔你，算作我瞎眼赔礼。如果你不要羊，我就用自个儿赔你，剜一只眼和剁一只手随你挑。刘战做证人，我可立字为据，不算你犯法。”

“老队长，你甭拿这个吓唬咱。又不是你说了算的年代，你凭啥认定我杀了你的羊？我孙老二蹲着站着都是条汉子。今天，不但不打开偏厦让你看，我院子让你进一步，都算我孙姓是倒着写的！”孙二林翻了翻充满血丝的大眼，用舌头舔一下有点苍白的嘴唇说。

这时刘战接话：

“就是就是，我说老队长，这大过年的，你没凭没据就说人家偷了你的羊，不合适吧？这事儿放到别人身上情有可原，你可是走南闯北的人，不能犯糊涂呀！再说了，你丢了羊，又是在雨生家羊圈里，你就保准不会有内鬼？”

雨生一听立即质问：

“刘战，我说你这话啥意思？”

几个外甥女也轻声反驳起来。

这时，父亲回顾一下左右，看到我紧张得发抖，就转过头对孙二林说：

“二林，你真不开门？”

父亲的语气既不像生气，也不像愤怒，平静得就像和孙二林聊天。

“真不开，开门是孙子！”孙二林说完，三兄弟都突然冷笑一声。

围观的乡民乱哄哄地议论起来。

雨生这时说：

“那就报案吧。”

与此同时，我看见父亲向前跨了一步。

还没等我反应过来，父亲已经在孙二林的身后，用左臂环形卡住他的脖子。

就在孙二林喊了句什么准备挣脱时，父亲右手突然闪亮一下，那把哨子刀已经纹丝不动地横在孙二林的喉结上。

乡民们轰的一声乱了，又马上安静下来。

就在孙大林和孙老三要上前解救孙二林时，父亲低低地吼了一声：

“只要你们再向前一步……”

“啊——流血啦……”一个女邻居惊恐地叫起来。

一股殷红的血像一条蚯蚓蠕过哨子刀的锋利刀刃，然后一滴滴落在孙二林的前襟上。

在场的所有人都像被钉在原地，谁都不敢再动一下。

我吓得张口结舌，小肚子一阵阵发紧。

“把门打开！”父亲一边勒住孙二林往院子倒退着走，一边在他的耳旁说。

“……打开，老三，去打开……”孙二林弓着双膝，倒退着向院子走，满脸涨得黑紫，眼珠子瞪得通红。

邻居们跟着拥进院子。

孙家的东偏厦子草门被拉开，在垂直照射的阳光下，一只黑黑的羊头瞪着一双毫无光泽的眼睛赫然出现在人们眼前。

人群一下子沸腾起来。

原来，大狸子一到孙二林家门口，就敏捷地从父亲怀里跳下来，直奔偏厦……

春节一过，孙二林把一只年轻而健壮的母羊牵过来。在雨生家羊圈门口，二林说：

“对不起，老队长，一时糊涂，您老大人不记小人过。我把最好的一只赔过来。”

父亲张口笑笑，说：

“二林，别说了，事情都过去了，哪有一辈子不犯糊涂的人！你二林是条汉子，敢作敢当，说话算话，这样好。只是，用一只又老又瘦的羊换只好羊，我不能占这个大便宜。这样吧，羊我留下了，等它下了第一个羔子，送给你做个养材，你看行吧？”

“哎呀，老队长，那我怎么能要……”孙二林搓着手，万分不好意思的样子。

“就这样了。”父亲伸手拍了一下绵羊的肥尾巴说，“只希望第一个羔子是个母的。”

父亲用一个男人解决问题的方式，给我上了不畏强恶的一课。以后，一想到那次自己被吓得差点儿尿了裤子，我的脸就暗自发烧。

叁拾肆

1985年，是父亲与毒瘾顽强抗争的一年。他决心戒掉强痛定针剂，以便别人找不出影响我报名参军的借口。我也暂时放弃了外出作画，全力耕种那几亩责任田，一来配合父亲的戒毒行动，二来等着初冬报名。

那一年，父亲一次次被疼痛击倒，然后跪在炕上，高高地翘起臀部，双手抱头扎在自己的行李卷上，这样一跪就是一上午，一整天，一昼夜。一旦好转一点，父亲就一趟趟去支书家，去主任家，去民兵连长家。

对我要去当兵最为惊慌的人，仍然是乡邻刘战。这个“文革”时期的干将，在生产队解散后，被任命为护林员。

时过境迁，当生产队长变成了村民组长后，权力大大削弱了，但护林员意外得意起来。虽然这一角色往往由本地最难讲话的人担任，可当地最难讲话的人往往就是刁民。刘战与父亲的恩怨就像父亲的从军经历一样，一直是个谜。

刘战也不是本地人，他有河北沧州口音，也可能是山东德州人，谁也不了解他的身世。父亲的残臂尽管是刘战“文革”时期的贡献，但他似乎并不解恨，他怕我当兵的想法是难以理解的，就像他预感到，如果有一天我当了兵，就会用保家卫国的枪崩了他一样。

那段日子，刘战马不停蹄，比父亲更频繁地出入基层干部家，并以种种拉拢、造谣和陈说反对我当兵。他最充分的理由就是：一个像我父亲这样的老头子，儿子一旦当兵，就会把自己的生、老、病、死完全赖在营子里，这样，政府麻烦就大了。

整整二十年后的2005年，当年的支书张振来我家做客。这个土生土长的好党员好书记，因为种种原因，多年前即卸职，在五十多岁时来北京，在一家搬家公司当起了搬运工。

这时，我已经开始动笔写父亲，就想听听他的看法。

“我相信，没有人真正了解你父亲。”这是老支书最铿锵有力的一句话。

张振说：

“你父亲不是当地人，一直不知道，他前妻死后，他为啥没有离开。那时我还是个孩子，对大人的事情不敢多问。我十多岁时，老爷

《瑞雪丰年》

玲珑彩瓷板画 | 88cm×46cm | 侯恕人作 | 2023 年

* 回鹿山的冬天是冽冽的美。深秋的第一场雪，要等来年的五月才会融化。

子正当生产队长，他给我印象是做得多，说得少；每年春天，他都带领乡民在前山后山栽种树苗……前些年这些树都成材了，回鹿山通往山外那条路，主要是用这些木材钱修建的。”

张振又说：

“多数人知道老爷子不是当地人，可我觉得，老爷子比当地人更眷恋回鹿山。”

听了这话我的心热了。我知道，回鹿山地处三省（区）交界处，林丰草密，在兵荒马乱的年月，来此避难的人很多。但是，战争结束后，大部分人陆续离开了。

关于父亲让我当兵时的种种情景，张振显然不愿意多说。

张振说：

“老爷子盼望你参军的情景我一辈子忘不了……”

1985 年初冬的一天早上，下了一场清雪。早起的支书张振打开大门后，发现门外的雪地上有深深浅浅的脚印。这是一个人的脚印，很杂乱，像一直徘徊在门口。书记已经猜到是谁了。果然，他看见父亲从旁边的柴垛边上站起来。

父亲满头满身雪花儿。

“老队长，一大早这么冷，你咋不上屋？”支书赶紧拾开院门。

“不冷不冷，知道你昨天开会，回来晚了，想让你多睡一会儿。”父亲抖抖胳膊上的清雪说。

这一回，父亲交给张振一份亲笔保证书。保证书内容只有一句话：

“如果我孩子当兵走了，我不会给各级政府找一点麻烦，并把政府发给的优抚金全部捐给五保户。”

那天早上，支书留父亲在他家吃了顿早饭。

饭中，支书很明确地告诉父亲，一定会让我去参加体检，不论有多大阻力。如果我身体合格，政审也合格，一定会让我光荣入伍。

不久，十二名同乡青年到镇上参加征兵体检，我是其中之一。

第二天，只剩下最后一项检查——X 光胸透。

此时只剩下我一个人。当医生大声喊“吸气——憋住”时，我把这口气憋得眼冒金星。

呼出这口长气，我平静地走出医院大门。

那一刻，浑身上下无比轻松。初冬的杨树被风吹得哗哗作响，金黄的树叶像花瓣一样不时飘落下来。忽然，天穹之外隐约有个声音对我说：是你！就是你！

突然，听到有人在我身后叫一个陌生人的名字，我被吓了一跳，愣怔了片刻，赶紧答应一声。

这个陌生名字，是我在体检表上新填的——当工作人员要我在一张崭新的登记表上填写姓名时，我毫不犹豫地改掉了自己的名字。

武装部长叫住我，他嘱咐，从现在起，我已经是半个公家人了，我要处处小心，特别要注意安全。

关于改名这件事儿，后来我想，这种事情的发生，并不奇怪——当一个人渴望和过去的生活、过去的自己一刀两断时，成为另一个自己，隐姓埋名或改名不过是最外在的表现而已。

接到入伍通知书后，送走敲锣打鼓的师生们，我到母亲坟前坐了一会儿，又去看了琴姐日渐缩小的坟头。

第二天，我去了一趟镇上，好像不是特别有目的，但心里充满渴望。

果然，我如愿以偿地在中学门口遇到了桂。此时她快高中毕业了。

其实也很正常，桂是特别爱逛街的女孩儿。即使课间一点儿时间，她也会走出校门转一下，她是小镇最美丽的女生。

桂听说我要当兵了，也很高兴。她说，我们通信吧。我答应了，但心里有一丝丝酸楚。

分手时，桂让我等一会儿。半个小时后，桂从学校出来，羞答答地送了我一块黄色手帕，上面印有两个女洋娃娃，黄头发，蓝眼睛。手帕是崭新的，有些香味，我想是桂特意洒过花露水。这条手帕至今我还珍藏着，图案却陈旧了，也没了香味。

1985 年 10 月的一天清晨，塞罕坝地区飘起了大雪，寂静的山谷已经到了周天寒彻的季节。父亲、大姐荣、大姐夫雨生、军和秀文等亲友送我出山。由于雪大路滑，父亲走不动，他只能送我到营子口，在即将分手时，父亲摘下那副一直戴着的棉手闷子，递给我说：

“戴上这个，别冻了手。”

我突然想起两天前，父亲想让我带上那副竹板，但被我拒绝了。如果再拒绝……

就在我犹豫之中，父亲突然伸出右手，抓住我的左手，一下子贴在自己的脸颊上……

我大窘。

望着亲友，我觉得父亲这个亲昵的举动真是丢丑，也让我丢丑。与此同时，我清楚地看见，父亲残废的左手佝偻着横在胸前——残手苍白无色，几根清冷的血管弯弯曲曲，像一些贴在手背上被冻死的细小蚯蚓；五根手指僵直着，又瘦又长；指甲很久没有修剪过了，白生生地透着寂寥。手闷子一除，整个残手立刻在寒风中瑟瑟地颤抖起来。相比之下，父亲那只紧紧握着我的被劳苦磨砺得粗硬结实的右手，就显得格外黑皱，厚厚的皴垢下面，皴裂着一道道血口子，这是一只丑陋不堪的手。

……我的手形很好，酷似父亲的残手——颀长而白皙，这是由于保养得好才酷似父亲的残手。然而，作为大山的儿子，我越来越想念父亲那双黑白分明的手。父亲不是地道的乡民，但他大半生用一只健康的手劳作，支撑着一个家的生活，并用一只残手的代价，翻过那段硝烟弥漫的历史，坚定地指引我三起三落地读到中学。我渴望有一天自己能主动把手伸给父亲——哪怕是梦中，也是我的幸福。

然而，在那个大雪纷飞的清晨，我在心里说：

“回鹿山，永别了！我再也不会回来了！”

坦白说，关于当兵的目的，我远没有其他人那样高尚，我不是抱着保家卫国、为人民服务、为祖国尽义务等豪迈的心情入伍的，当年，我只想早一分钟逃离那片土地。

直到父亲被再三劝说停在风雪中，我也没有说出一句安慰和告别的话。

现在，请允许我说一句：

对不起，父亲，当时我就是那样想的，也是那样做的。原谅我，就让岁月的鞭子来惩罚我的自私和不孝吧！

叁拾伍

1987 年，是我入伍第三年。

父亲请军代笔，写来一封家信。父亲告诉我，他已经彻底告别了扎针和阿司匹林时代。父亲用自己的行动证明了一个人无坚不摧的意志。我不知道，父亲这次为什么让军代笔写信，之前的家书很简略，父亲自己能写，无非一些“一切都好，不用担心”的内容。这回信是军代笔，写得有些抒情。我猜想，这里也有大外甥女秀文的文笔。

那个冬天的某天，军看见父亲在当院望着一捆湿柴叹气，就主动走进院子。进屋一看，发现老人好像几天没有生火了，屋子里到处是洁白的冰霜，整个老屋散发着一阵阵寒气。回家后，军对秀文说：

“要不，让姥爷来咱家过冬吧，他太可怜了，咱再不管他，他就可能过不了这个冬天了。”

于是，那个最冷的冬天，父亲是在军家过来的。

军这个一直被传言所困的汉子，以最温暖的方式表达了乡情和亲情，也用这种博大的关爱，冲刷掉了几年前他与小哥长山冲突时留在我心壁上的污垢。

军和秀文的善行，其实正切合了我的认识：人是会变的，有的变好，有的变坏。人际关系是可以改善的，亲情更可以改善。

如今，军和秀文实际成了连接我和大姐荣姐弟亲情的唯一纽带，有了他们，我和大姐的隔阂在一点点消除！

我入伍的舟桥部队，是华北某军区一支特种兵部队，有着光辉的战史，平时训练极其艰苦。那时，南方的炮声渐渐停息下来，随时准备轮战的心情也慢慢恢复平静。

我和桂通了一年信，把所有才情都用尽了，每封信都像一首抒情诗。但是，因为桂的母亲执意阻拦，也因为桂不够坚定的态度，我们被迫中断了联系。

在回家探亲时，与苹果脸同学偶然相遇，这让我重拾少年时期的朦胧爱情。

我又开始和苹果脸通信，不过，这回我务实了许多，少了些浪漫和废话，爱情却有了结果。

虽然仍然遭到苹果脸父亲的坚决反对，但苹果脸不是那个没有主见的桂。当选择大兵或选择父母两条路只能选一条时，小小个子的苹果脸毅然选择了大兵。

1987 年冬天，我回乡举办了一个非常简单又非常糟糕的订婚仪式。

从此，我就把家信寄给在城里工作的未婚妻，由她回乡送给父亲。

1988 年春天，我把新发的一双棉鞋寄给苹果脸，让她带给父亲。当她到我家送鞋时，发现父亲躺在炕上，病情已经很重。她赶紧把父亲送往医院。

苹果脸在长途电话里说：

“大姐荣说，其实没啥大事，就是扎针扎坏了，咳嗽、憋气，可我看不像她说的那样，这回病得很重。”

听了这话，我心情很复杂，父亲信里不是说，已经彻底戒掉麻醉药了吗？难道他又反复了？我思来想去，不得要领，既为父亲的坏名声脸红，又为他的重病着急。

此时，我已经从天津借调北京军区后勤某部机关任微机操作员。

某日，处长对我说：部长在承德某医院，需要做个手术，你去照顾几天吧。那是你家乡，等部长出院后，你正好顺便回家看看。

这位部长姓王，锦州人，仪表堂堂，爱唱几句京戏，爱写毛笔字。他在军区后勤机关德高望重，威信很高。其实，部长身体很好，只是由于鼻中隔偏曲严重，在这家军医院手术矫正。

第二天，我立即乘火车前往承德，一路上心里忐忑不安。部长这样高级的首长，平时只在楼道里照过几面，连话都没正式谈一次，要是一对一面对面，我真不知自己会不会太紧张……

此时，部长手术已经做完，正在休养。

想不到，部长平易得让人终生不忘，路上的一切顾虑都是杞人忧天。

我在部长套间外间住下来。平时也没有什么要伺候的，不过是早晚陪着散散步，收拾一下笔墨。等部长高兴起来要唱京戏了，就当个认真的听众。

因为朝夕相处，我完全放松了，有一天就自告奋勇地说：

“部长，我不会唱京戏，但会唱落子，我给您唱一段吧？”

“好啊，你唱一段我听听。”部长开心地鼓励我。

我就字正腔圆地唱了那段《张良献策》开篇。

部长惊讶地睁大了眼睛，连连叫好：

“噢呀呀，你不得了啊，大口落子都唱得这么好，不得了啊，你应该会打竹板是不是？”

我不无遗憾地摇摇头说：

“可惜，我没有学会竹板。”我没敢说父亲竹板打得最好。

部长说：

“没关系，以后慢慢学会它，我会唱京剧，却不会拉京胡，将来休息了，我就学会它。”

这之后，我把许多心事都不由自主地说给了部长。

一天晚上，在花园散步。部长突然说起自己年迈的母亲，说她还在东北，不习惯北京的生活等等。当部长听说我十三岁就失去母亲时，他的眼圈红了。他倒背着手停下来，说：

“你才比我女儿大一两岁，竟早早没了母亲，真是个苦命的孩子。我看你是个懂事的战士，从团里借到机关工作不容易，一定要好好干，别像一些领导的司机、公务员那样，整天只想着找对象、提干。”

可是，十多天之后，部长却开始考虑我的前途问题。

“想不想开车？”部长问我。

还没等我回答，部长又问：

“想不想考军校？我看，还是考军校吧。现在不允许提干了，不考军校成不了干部。开车虽然是技术，将来顶多改转个志愿兵……”

我一时不知该如何回答部长。

我是一个刚到机关工作不久的战士，却得到了部长这样诚挚的关爱，我心里热得不行。

两天后，我又接到苹果脸的电报，说父亲的病情加重了。

部长一听说，立即对我说：

“你下午就坐汽车回去。守备七旅就驻你们县城，我给他们打电话，情况不好就赶紧送到这里来。”

我有点不知所措，既为父亲病重着急，又觉得没有完成好照顾部长的任务，心里有愧。

部长看我嗫嚅着不肯行动，突然高声说：

“你怎么不听话？要不你立即回部里，我这里也快好了，不需要你照顾了！”

我迟疑着收拾东西。部长这时又改换一种语气，低声对我说：

“你快点动身回去，我让七旅派个车把你父亲接来。正好我在，医院会照顾的。这个事你不要给处长他们说，算咱俩的小秘密，你看好不好？”

我点点头，赶紧假借上卫生间，把差点儿流下的眼泪忍了回去。

我是一名军人了，不能再流眼泪，尤其是在这样好的首长面前，我应该像个坚强的士兵。

叁拾陆

两天后，我和父亲乘本县驻军一辆 212 吉普车，回到医院。因为部长的特别交代，父亲被破例安排在单间病房。

我告诉父亲，晚上，部长在医院小餐厅里设宴招待他。作陪的有医院领导、部长秘书等七八个师团级干部……

我以为父亲会面露难色，或者明确推辞——这是我最希望的。如果这样，我才好向部长解释说，父亲行动不便，又怕自己没见过世面，就不惊动首长们了。说实话，对一个战士来说，这样的待遇恐怕没有谁能承受得了。

让我大感意外的是，两天前尚不能自由起卧的父亲，此时突然像个偶患小疾的人。他一口答应，满脸放松，语气竟有几分急迫，就像去见一个久别的朋友和亲戚。

整个下午父亲都在收拾自己。在我的帮助下，他认真洗了澡，穿上那套干干净净的蓝色涤卡外套，戴一顶蓝色单帽，脚穿我的新解放鞋。

父亲在洗脸时极为仔细，洗了一遍又一遍。除了想洗掉污垢，好像还要彻底洗掉过去的岁月和病容。

直到认为可以了，父亲才停下手。此时距晚餐时间还有一个多小时。然而父亲不肯再上床休息，正襟危坐在椅子上，一心一意地等待那一时刻的到来。无论我怎样坚持让他先躺下休息一下，他都不为所动，像没听见我的话，长时间注视着窗外，整个人都陷入一种忘我的遐想中。

用餐的时间快到了，扶父亲下楼，临出楼门口，父亲让我帮他扣上风纪扣。我说，没这个必要，你不是军人，弄得这样严肃紧张干什么？但父亲执意要扣，大有不扣好不出病房大楼之意。

扣好风纪扣，父亲把头向左右转了几下，试试脖子是否活动自如，幸好人瘦得不行，倒不影响正常呼吸。

最后，父亲用右手使劲拽了拽弯曲的左臂袖口，就好像真能把弯曲的残臂抻直似的。这当然是徒劳的，我听见父亲无奈地叹了口气……

快到小餐厅门口，我听见父亲喃喃着说：

"离开队伍整好四十年，没想到，能再见到这么高级的首长……"

不像说给我，更像自言自语，但话没说完，就被部长爽朗的笑声打断。以部长为首的四五个人已经迎到餐厅门外。

部长快步上前，一把握住父亲伸过来的手，使劲晃了晃说：

“哎呀，老哥，欢迎欢迎啊，怎么样，身体怎么样？您精神很好哇！”

父亲张着缺牙的嘴，坦然自若地一边深深点头，一边说：

“这都是托大伙儿的福，托首长的福呀！”

父亲的腰挺得很直，他恰到好处地微笑寒暄着，还和其他领导一一握了手。

一旁的我，紧张得出了一身汗。

落座时，部长谦让父亲坐主席的位置，父亲认真地承让了一下，然后毫不客气地坐下了。我赶紧走过来想提醒父亲，部长却摆手制止我说：

“今天请的是你父亲，你不要多说话。”

父亲马上附和：

“对，在队伍上就得听首长的，打仗时要听，平时也要听……官兵就像亲兄弟，生死在一起……抗日战争打日本，解放战争打锦州，都一样，那时，军师首长都有可能拼刺刀……”

父亲这一坐，再加上这一句没头没脑的话，已经把所有人说愣了。

整个包房突然鸦雀无声，连将军级的部长一时也愣住了。

坐在对面的我更是一头雾水。我想，父亲一辈子最反感自吹自擂说大话，今天他是怎么啦？这还是我那个内敛谦和的父亲吗？好在，部长可能想起来，我说过父亲曾在军旅，马上哈哈一笑，对在座的人说：

“你们可不要小看这位老哥，他可是一名抗战老兵，是上过战场的人，他是功臣啊！”

听到这儿，父亲频频点头，然后环顾一下左右，看着几位扛着上校、大校肩章的领导说：

“四十年，部队变化大啊，我参加革命那年，国共两党统一抗日时间不长，我们改编为国民革命军第八路军后，蒋介石也给我们授过衔，发过军服，可那只是做做样子看的。军服远远不够，枪弹也是空头支票，记得刚要求我们戴上青天白日帽徽时，连以上干部没有几个能接受的，我们知道，蒋介石比恨日本人还恨我们，他迟早有一天打内战。但在动员大会上，副师长聂荣臻和政训处主任罗荣桓，率先把青天白日呢军帽戴在头上。聂副师长举着扩音喇叭喊：‘同志们，此次战争，是关系民族存亡的战争，可谓我死国活，我活国死。过去十年恩怨，从今天一笔勾销，戴上这顶军帽，穿上这身军服，国民党部队已经不是敌人，而是生死与共的兄弟……’”

父亲说到这儿总算停住了，但他随即又对部长说：

“部长，听孩子说，你是锦州人？哎呀，我与锦州有缘啊！当年攻打锦州城，部队伤亡很大，一点也不比塔山阻击战伤亡小。林老总下了死命令，七日内拿不下锦州城，他亲自打冲锋！结果，一颗美国人生产的子弹，却把我的肠子给打出来了……”

在座的人面面相觑，乘战士上菜之机，部长赶紧打断父亲的话头说：

“老哥真是老革命啊，好，今天我们为老哥接风……”

不想父亲没等部长说完，就急切地插话说：

“我再问一下，我知道，徐海东大将去世很久了，抗战时，他是我们的旅长，不知道他的子女，现在有在队伍上的吗？”

大家无言以对。

部长打个哈哈，举起面前的酒杯说：

“好啦老哥，咱们先喝杯见面酒，”部长随即把目光转向我，“老哥有福啊，生了个好学上进的好儿子，以后时间还长，你一边治病一边让我们受受教育……”

没等部长讲完，父亲已经拿起筷子，迫不及待地伸向一盘并不在他面前的烧鸡……

部长尴尬地看了一眼父亲，马上改口说：

“好，好，今天以吃为主，大家先垫垫肚子再喝酒……”

这可能是部长有生以来最刻骨铭心的一顿招待餐，也是在座的所有领导最无话可说的陪酒。

我呢？像被当众剥光了衣服一样，羞愧得差点没钻到地下去。

好几年后我还想起那次晚饭。无论怎样看，父亲的表现和露怯都是他晚年生活的一个败笔。但是，一顿饭传达了两个信息，一是父亲上过战场，九死一生，他不畏惧高级首长，而且，他还急于让在座的人知道这一点，他以为，这样的话，他的儿子就有了地位和光环——这是他有意而为之举。二是老人贫苦了一辈子，有时会到食不果腹的地步，一见到满桌饭菜，本能地盯住烧鸡，举起了筷子——这是他不能自我控制的自然之举……如果放在今天，同样的场合，同样的客人，同样的话题，同样的细节，面对父亲的如上言行，我都不会是当时那种糟糕的心情了——不论别人怎么看，我都会用非常轻松的笑容和愉快的心情看着父亲的一举一动，现在想来，那天的父亲多么像一个还不懂事的孩子啊！

然而，事情往往没有如果，上帝不会再给我一次与父亲同桌聚餐的机会。

又过了几天，部长出院回京了，临走把我叫到跟前说：

“你老父亲的病情不容乐观，看着像结核，其实是肺癌。你留下好好照顾他，单位的工作我和你们处长讲。我看出来了，老人家是个有远见的人，是一个了不起的父亲啊，一辈子也不容易。在如此艰苦的环境里，能让你当兵，你不好好干，不干出成绩来，对不起他呀！”

叁拾柒

那次晚餐后，我有一两天不愿意和父亲说话，好在由于检查项目繁多，一时占据了我的思维，让我腾不出时间多想那次晚餐。父亲肯定看透了我的心思，于是又变得低眉顺眼了。

部长出院回京两个月了，父亲还不能出院。这期间，我在北京和承德之间奔波，一面担心自己的工作，一面想着照顾父亲，那真是左右为难的两个月。好在北京、承德之间只有几个小时的火车，周五来，周日可走。

这期间，军和秀文曾带着女儿玉茹专程来医院看望父亲。这让我始料未及。秀文虽然是外甥女，但军因为自己身世的传言，能第一个来看望父亲，真是让我感动。那时没有电话可打，拍电报又花钱又麻烦，之前也没联系。坐了六七个钟头长途汽车来到医院，一家三口个个晕车晕得死去活来。特别是四岁多一点的玉茹，小脸儿吐得蜡黄。

医院边儿上找一家小旅舍，一家人住了一宿。秀文看我两头跑为难，就说留下来伺候几天，但父亲坚决不让。说孩子小，秀文对城里生活不习惯。军从来到走没说过几句话。本来他是个比较爱说的人，可一到我和父亲面前，话就没了。

第二天，正好医院有一台救护车到县城守备七旅接病号，我就赶紧把军一家子送走了。

父亲的病情时好时坏，手术治疗已经不可能，日常生活尚能自理。是继续留住还是出院回家，我一时拿不准主意，而医院方面，因为隶属军区，碍于部长的情面，也不好急于逐客。

一天，父亲试探着对我说：

“这脑袋疼了几十年，一离开药疼得像要炸开一样，能不能让医院的机器照照？看看是不是长了什么东西？”

我想也好，虽然肺癌已确诊，顺便检查一下脑神经，心里也放心。于是我安排做了个脑 CT。第二天脑外科主任拿着片子对我说：

“老人早年受过脑外伤，像枪伤。从伤及部位看，伤及脑髓。这样的伤能活过来，也算奇迹了。伤及脑神经这么重，哪能不头疼？可现在没别的办法，只能忍受。”

一听说脑髓都少了，我浑身立即起一层鸡皮疙瘩。但我没把医生的话说给父亲，只告诉他，脑袋没事，很好。

直到出院，我也没有问父亲脑袋受伤在何年何月，是哪一场战斗。父亲也没有主动说到，他可能完全忘了这次重伤。

一个周末，我从北京来医院，晚上医院礼堂放电影《吉鸿昌》。虽然医院规定病人不能去礼堂看电影，但因为有了北京首长的关系，在小小医院，我和父亲干什么都一路绿灯。

见父亲状态欠佳，我没有提议去看。但父亲饭后整整齐齐地穿戴好说：

“小高护士说，今晚演《吉鸿昌》，去看看吧。”

我说：

“我记得我们是看过的。”

父亲说：

“看过，还要再看看。”

那天的观众并不多，没有整齐的部队入场，没有拉歌声，几个半大孩子绕着排椅追打嬉闹。看电影时，我和父亲没有交谈。当吉鸿昌壮烈牺牲的特写较长时间停顿在银幕上，当主题歌《恨不抗日死》渐次声高时，父亲的呼吸明显急促起来。“恨不抗日死，留作今日羞。国破尚如此，我何惜此头……”歌声唱到这儿，父亲突然爆发一阵剧烈的咳嗽……

医院的熄灯号吹响前，电影放完了。我扶着父亲往回走，父亲还在干咳。

熄灯号响了，嘹亮的号声在这座不大的山城上空回旋，一遍，两遍，三遍，回声久久不断……

“变了，变了，不熟悉了，听不懂了。”父亲说的是号声。

我能理解父亲的意思，这是安民的号声，只有国泰民安了，部队才会有这样从容不迫的熄灯号声，让人听了心里踏实、安静。但是，那些听惯了冲锋号声的人，还有几个能听到这号声呢？

受到父亲的感染，我不无遗憾地说：

“可惜，现在太平了，我们只能通过电影才能听到冲锋号声了。”

“这是好事情啊。没有冲锋，就不会有阵亡。抗战时期，冲锋号一响，不论是白天还是黑夜，不论你手里拿的是枪是刀，大家都会疯一样向前冲、冲、冲，向有敌人的方向冲，子弹吱吱的叫声是听得到的，身边倒下的战友是看得到的，可没有人会停下来，冲锋号手在后面吹，有时冲到前面吹，一个号手倒下了，另一个号手拿过军号，继续吹……那时，没有一个人怕死，但大家都怕号手死，死了号手，没了号声，震耳欲聋的枪炮声、喊杀声会让冲锋的士兵迷失方向……”

父亲说到这儿，再次干咳起来。

之后，我和父亲都沉默着。快到病房门口时，父亲突然说：

“记得吧，我和你说过，你大大家的堂哥宝山，他就是一个出色又勇敢的号兵……”

然而我想不起来，父亲何时谈过堂哥宝山是号兵，只依稀记得，父亲说堂哥在一次与日本人的战斗中被打死。但我把它当成一个与自己毫不相干的故事了。

回到病房，为了缓解父亲的咳嗽，我逼着不习惯泡澡的父亲泡入浴缸。就在扶父亲进入浴缸的时候，我再次看见父亲那道伤疤。

我第一次发现父亲小腹和会阴部之间那处伤疤，也是父亲刚到医院第一次洗澡。像父亲额角的伤疤一样，父亲小腹间的伤疤也是暗红色的，像更大一点儿的皱皮核桃。

于是我接起父亲刚才的话问：

“堂哥宝山是司号员，打仗时，敌人是不是专盯着司号员打？”

父亲说：

“战场上，每个人都是打击的目标，但号兵死的概率很大。你堂哥宝山……”

堂哥宝山命短，他没父亲这个运气活下来，叔侄俩一起当兵，三年下来，大大小小没少打仗，宝山一次花都没挂过，但在抗日战争中的中条山战役……

1941年6月中条山驰援战中，最后一个冲锋却没下来，宝山死了。像是两颗子弹同时击中了他。一颗子弹直接从额头打进，从后脑滑出。这颗子弹，贴着青天白日帽徽下沿滑过，把帽徽下沿打凹了，却没有阻挡住子弹，要是再往上偏半寸，那颗铜质的帽徽也许能挡住这颗子弹。另一颗子弹是个炸子，从前胸滑过，胸口只留下一根筷子粗的小洞，但炸子在后背炸开了，后背就有碗口大的窟窿……当时，宝山已经从号手升任排长。两个冲锋后，三个号手先后牺牲。此时，天快黑了，如果这两个连的八路军决死队还攻不下鬼子据守的阵地，就打不通国民党98军突围的缺口。

宝山突然站到一块大石头上，吹起了冲锋号。号声很响，压过了漫山遍野的枪炮声，但他的目标太大了，父亲眼睁睁看着宝山从石头上直挺挺地栽下来，嘴里却一直咬着号嘴。

最后一个冲锋终于拿下来了。与突围的国军会师后，父亲才知道，指挥突围的国军一部，正是离家多年的二哥侯千慈，当时，他任国民党98军42师混成旅中校团长……

这个像气泡一样在故乡消失的二伯，原来是国民党军一个团长。

山西境内的中条山战役太有名了。二伯侯千慈的部队在中条山区坚持了三年多，一直归卫立煌总指挥，但因为卫立煌与八路军关系拉近了，还去过延安一回，惹恼了蒋介石，很快就被解职调离了。何应钦接管中条山防务，只是名义，没有深入布防，加上部队排斥他，让日本人钻了空子。

三年多来，日军大兵力围攻了十七次之多的中条山地区，都没有攻破国军防线。第十八次，日军从东西北三面重兵围攻，只留下南面一条出口，但那是黄河。解密战史记载，鬼子得手后，国军战死无数，真是尸横遍野，很多条山沟被国军官兵的尸体填满了……向南突围成功的部队，成群囤积在黄河北岸，但渡船早被日军炸毁或收缴，一条不见，连百姓都见不到一个。日军轰炸机一批批飞来，炸弹在人群、马群中开花，血肉横飞，不想被炸死的，就手拉手扑进黄河。滔滔黄河水，卷走了这些英勇无畏的抗日官兵。

二伯侯千慈是作战参谋出身，他知道向南突围的后果，于是，建议军长武士敏一面向北突围，一面想尽一切办法联络沁水一带八路军游击队从北向南驰援解围。但是，由于当时“皖南事变”发生不久，国共两党合作关系破裂，八路军主力部队只是接到“全力向南移动，机动待命”的命令。

八路军晋察冀军区一部，距中条山战场最近，一位被降职使用的营长张泽，不顾抗命安危，组织两个连三百多人的决死队，经过一天一夜奔袭，从背后向日军第 41 师团发动突然袭击。

日军突然减弱的火力和隐约听到的号声，让二伯侯千慈有谱了。他知道，只有共产党的部队，才有这样激昂的号声！是共产党领导的第八路军驰援到了！

二伯侯千慈立即召集营连指挥官训话，命令部队不惜一切代价，拼死冲杀，与八路军形成对敌夹击之势，务必在当夜或第二天拂晓与援军会合……

有护士来敲门，夜间该量体温了。

等护士离开后，父亲小声说，我的老上级张泽，很像吉鸿昌。那个张泽，外号张黑子，湖北人，打仗很勇敢，对士兵最亲，可有个爱喝酒骂人的毛病，因为爱顶撞领导，上级不待见，结果一次喝酒误事，从团长连降两级，成了营长。看到吉鸿昌，就像看到张泽本人一样。

毫无疑问，吉鸿昌是真正的英雄。他是最早组织抗日同盟军的将领，他跃马长城，连克察东六县，那威风！要是中国军队像他一样，早一年或几年坚决抗战，日本人不会这样张狂。英雄没有死在日本人的刀下，却死在国民党的监狱里，这和抗日名将谢晋元死在变节部下手里一样可悲啊！

这时父亲说：

“现在国家建立了，就盼望着有一天，能看到像台儿庄战役和中条山抗战这样的电影，可是，我是看不到了，但你能看到……”

我突然记起来了，小时候，我是听过这个故事的，我把它写成了小说《茅山之战》。显然，我把中条山错记成茅山了。

第二天是周六，我可以在医院待一天。

早晨一睁开眼，父亲小腹上伤疤的样子仍像一条毛毛虫一样，一会儿黑一会儿红，老是在我眼前爬动。

上午输液时我守在床边问父亲：

“肚子上的伤也是日本人打的？”

父亲摇摇头说：

“不是，这是辽沈战役国民党军的一颗子弹打的，听医生说，是美国枪或者德国枪的子弹。算我命大，不是炸子，肠子流出来一大截，竟然没有断，医生说是子弹从肠子缝滑过去了。把露出来的肠子草草塞回去，就这样缝上了。但这次中枪，与你二大有关。”

突然像回到了童年时光，二伯侯千慈的故事清晰再现——

二伯侯千慈性格内向，是五兄弟中文化水平最高的。他说他受不了塞北的寒冷，一直想着脱开大伯侯万慈的约束。但大伯管得紧，他只好暂时在回鹿山留下来。

二伯出走前，给当地大户阎大阎王家赶大车。阎大阎王以种大烟起家，是回鹿山地区最强势的地主。二伯常常赶着骡子车上县城卖烟土，再换回细粮和其他生活用品。那时，回鹿山地区属热河省，但离东北近。其实，与日本正式开战前很多年，当地已经有了日本军队活动。当时县府也养着地方官兵，可是，成天把民族大业、抗日救国挂在嘴上的县长，在日本人还没扔一颗炸弹时就跑了。临走除了带上两个小老婆，还带走了县政府全部公款。

1931年春天，日本一个小队进攻县城民团营地。一个团的地方兵，没放一枪立即投降了。团总杨坚礼摇身一变，升格为绥靖师副师长了。

这个情景，被二伯侯千慈看个清清楚楚。

当年秋天，二伯和一个小伙计上县城卖烟土拉粮。后晌刚出县城，正遇上一支抗日武装与日伪军交火。

二伯让那个伙计把骡子车赶到河坝下藏起来，然后从卖烟土的钱袋子里拿出五块银圆揣进怀，对伙计说：

“你在这儿藏着，我过去察看察看情况。要是枪声停了，一顿饭工夫我没回来，不是被打死了，就是被抓走了。你就赶车回去，告诉我大哥，就当我死了，但别忘了，让他替我还东家五块银圆。”

说着，二伯从小伙计腰间摘下一把哨子刀，掖在裤带上，向响枪的方向跑去。

这个伙计年龄小，人也笨，他根本弄不清二伯要干什么。结果傻等到天完全黑透，也没见着二伯的影子，伙计只好独自一人把骡车赶回去。

第二天，大伯侯万慈带人来县城周围寻找，却活不见人死不见尸。此时大伯心里明白，这个二弟，这回是真走了，他跟抗日的队伍走了。

大伯有了二伯的音信是四五年后了。

二伯写信回来，家人才知道，他已经在山西阎锡山的部队。很多人都以为，地主阎大阎王与阎锡山是本家，其实，根本不沾边儿。可阎大阎王知道阎锡山是大官儿，也乐得人家这样说。慢慢地，就传出风声，是地主阎大阎王让二伯投奔了阎锡山。不过，阎大阎王倒没有因为二伯的出走刁难大伯，甚至，一直没来讨要那五块银圆。有一回只对大伯说，他不心疼那五块银圆，却更心疼那把好锋口的哨子刀。再后来，二伯先后有照片寄回来，大伯一直与二伯保持通信。

中条山战役打了快两个月，国军将士伤亡惨重，在里无粮草，外无救兵的情况下，八路军张泽营长决定带队援助国军。因为知道二伯侯千慈就在中条山与日军血战，父亲和堂哥宝山坚决要求参加决死队，决心以死拼冲破日军的包围圈……

这场驰援战打了五个多小时，三百多人的决死队，以伤亡过半的代价打开日军一个重围缺口。与国军会师后，张泽命令，只能草草打扫战场，就地掩埋牺牲的战友。

然而，父亲一直抱着堂哥宝山的尸体，舍不得丢下。众人劝不下，张泽也骂了娘，但父亲又提出最后一个要求：一定要按满洲人的丧俗火葬，哪怕烧得不彻底，也要烧。

营长张泽气红了眼。

就在坚持不下时，两三个国军骑兵冲过来，其中一匹白马上，一个长官大声喝问：

“怎么回事？”

是二伯侯千慈。

张泽报告原委，说出父亲的姓名侯镇彩时，二伯没有反应，可是，刚一报出侯宝山的名字，二伯立即从马上跳下来。

在悲痛欲绝的父亲跟前，二伯愣了几秒钟，突然问道：“你是老五侯一慈？你怎么改了名字？”

放下宝山尸体，父亲猛地站起来，叫一声：

“二哥，宝山死了……”

战场上看到十多年未见的二伯，父亲哭得像个孩子。

…………

二伯没再说什么，他走过来，只是轻轻拍了父亲肩膀一下，然后走到宝山尸体旁单腿跪下，借着火把的光亮，二伯盯着宝山的脸看了很长时间。父亲说过，侄子宝山长得最像二伯。

二伯随后命令两个卫兵把宝山的尸体抬到自己的坐骑上，但是，二伯环顾一眼随处可见的烈士尸体后，马上放弃了驮走宝山尸体的打算。

把宝山抬下来，二伯亲自举着火把，又把躺在地上的宝山上上下下照个遍，然后摘下宝山头上的军帽，顺手揣入自己怀里。

宝山的额头、脸上和脖子，黑紫色的血已经凝固，一个卫兵把背壶里的水倒在二伯的一条毛巾上，二伯双手揉了揉，仔细擦干净宝山脸上的血污。

按二伯吩咐，几个战士找来三副马鞍，小间隔并排排在那块巨石旁边。大家共同把宝山抬到三个马鞍上，整个人正好悬空。二伯又认真调整了宝山头的方向，让他头朝西南。

随后，二伯再次在宝山旁边单腿跪下，用随身带的那把哨子刀，快速割下宝山右手两节食指，紧紧握在手里。

在把宝山浑身浇上汽油后，二伯摘下自己的呢军帽，端端正正地给宝山戴上。帽子不大不小正合适。戴上军帽的宝山，像睡着了。

火点着了，其他烈士的尸体也掩埋完毕。二伯示意父亲跟上队伍，然后毅然上马，率领国共两党剩下的五百余人脱离战场……

一周以后，两支部队各自归建。

当时，二伯让父亲和他一起走，但父亲拒绝了，他说，我还跟着张泽营长走，等抗战胜利了，兄弟再团聚。

以后许多天，我都不能接受父亲曾经有另外一个名字——侯镇彩，这个人真是父亲吗？

叁拾捌

父亲说，回到回鹿山后，他又恢复了原名侯一慈。

父亲说，他这辈子，最想去看看的地方，就是山西省南部的中条山。

那里横亘黄河北岸，东西约一百七十公里，南北五十公里，东连太行山、太岳山，西接吕梁山，南屏潼关、洛阳，北控晋南，东控豫北。

那是米粮川，当年也是最稳固的抗日根据地。如果那里建起了烈士陵园，说不定会找到堂哥宝山的名字。

父亲说：

“宝山不像我，他从来没有改过名字。他活着时叫宝山，死了还叫宝山。”

某天，我接到北京处长的电话，语气不怎么热情。简单询问了父亲的情况后，处长说，机关军务部门开始正规化整顿，借调机关帮助工作的官兵很快要回原部队，希望我尽快处理好父亲的事情归队。

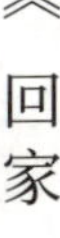

玲珑彩瓷板画 | 46cm×36cm | 侯恕人作 | 2022 年

* 当年的少年猎手回家了，他在文学的丛林里找到了一条回家的路。

我立即心烦意乱起来。考虑自己前程和关心往事之间，我本能地选择了前者。

之后的几天晚上，我不再认真倾听父亲的闲谈——或许，父亲只是把这些谈话处理得更像闲谈，如果我猜得不错，他一定为这些谈话做了精心准备——

解放战争时期，父亲已经升至营长。他随独立师长张泽隶属冀察热辽军区。攻打锦州时，独立师是主攻部队，父亲的营更是西南方向的主攻营。

锦州攻城战打响后，大炮打了三天两夜，攻城部队上去一拨又一拨，城还是没有攻破。

第三天下午，炮火进行了长达两个小时的准备。就在这个空当儿，二连长和一个战士押着一个老百姓走进营指挥所。

连长报告说，抓到一个在前沿阵地偷窥的人，这个人穿的虽然是老百姓的衣服，但怀疑是敌人探子。

这个人被抓时说，他认识营长侯镇彩和师长张泽，这回是专门投奔侯营长而来。

当他从怀里拿出哨子刀，父亲就知道，这真是二伯侯千慈的人了。

中条山一别，一晃七年过去了，想不到，二伯此时已经是锦州守将范汉杰总司令部少将高参。

来人果然是二伯的副官，他把哨子刀交给父亲后，又拆开内衣，取出一个牛皮袋。

刚一打开，父亲的眼睛就湿了——是堂哥宝山的两节指骨，一枚青天白日帽徽，两颗八路军军帽上的纽扣，还有一坨上等大烟膏。

指骨父亲能理解，青天白日帽徽父亲能理解，一坨烟膏父亲也能理解，但这两颗八路军帽徽上的黑纽扣，父亲没有理解。

最后，副官才从内衣另一个夹层中取出两封信，一封给张泽师长，一封给父亲……

看罢信，父亲沉默了良久，却什么话也没说，然后亲自把另一封信送到师部。

原来，二伯是请求父亲和师长张泽放一条路给东北“剿总”长官的家眷。

彼时，东北战局已定，国民党已无力空中运走军官眷属，二伯决计让部队打开兴城至海边缺口，拼死护卫妇孺孩子从菊花岛海渡营口。

……父亲去面见师长张泽，师长把信看了又看，突然把信甩到父亲脸上，咆哮着对他喊道：

“这不是中条山，他娘的！我决不会在今天的战场上，放跑骑白马的侯千慈，你个侯镇彩，胆敢放跑一个人，我就地毙了你……”

但是，这个张师长在炮火准备即将结束时，突然把电话打到营部，他临时调换父亲的主攻营为师预备队，代替防守兴城至菊花岛的预备三团。

第二天傍晚，国军一支骑兵部队，夹杂着少量步兵战车，不顾一切地突出锦州西南角门，向菊花岛方向奔来。

以常打歼灭战著称的师长张黑子，此时却没有派精兵追击……

负责堵截的守备营前哨报告，发现敌情，全营进入战斗状态。

营长父亲以上面没有作战指令，来敌情况不明为由，下令不许随便开枪。

等到这支骑兵临近，父亲才发现，突围官兵，几乎全是白马，每匹马上至少乘三人。

守备营防线被突破的同时，堵截的枪声终于响了，还是有几匹战马被打倒。

枪声大作时，一颗流弹打中父亲的小腹，他扑倒在地……

这场遭遇战，双方没有多少伤亡。

三天后，父亲才从国民党《中央日报》报道中得知，二伯侯千慈并没有亲自率队突围，他也没有去沈阳。报道称：“国军少将高参侯千慈，成功指挥国军一部突出重围，使多名高级将领眷属得以虎口脱险。侯高参临危不惧，毅然放弃突围机会，誓与范司令汉杰和危城锦州共存亡……”

这是有关二伯侯千慈的最后一条消息，从此他杳无音信……

父亲最后一次见到张泽师长，是他的枪伤快好时，那时父亲已经被特务营在野战医院看管起来了。一天晚上，师长突然出现在他烤火的火堆旁。

张泽说：“我真该枪毙你，今夜，你走吧，哨兵我都安排好了，你大胆走，走得越远越好，就当我死了你这个营长……”

在医院的最后一个夜晚，父亲不再讲故去的人，而是先后提到了三伯、苹果脸、桂、小哥、大姐荣、雨生、军、汉、秀文和玉茹；提到了邻居芳嫂、李家、张家、刘家、孙家和高家。在这些人中，有我喜欢的，也有我不喜欢的，但父亲说：对于你身边的人，无论是喜欢或不喜欢，你都得面对，因为这是你人生际遇的一部分；人没有绝对的好人坏人之分，只有品格能分高下，一个性格温顺的人，不一定是脾气好的人，一个性格很躁的人，未必不是个善良正直的人。

我问父亲：像刘战这样的人难道也不是坏人吗?

父亲说，山里人和城里人一样，只能用厚薄来分别。刘战属于薄情寡义的人，那是他的家风，也是他的性格，更是他的命脉，但你不能说他就一定是个坏人。

“琴是不该死的，这孩子心最软，可她做了最硬人心的一件事儿……要是她活着，你也不至于受这么多折磨……真想，有一天她能埋回侯家坟地，一个女孩儿家，自己孤零零的，杨树沟又阴又冷……我当时没脑子了啊，咋就同意埋得那样远？！”

突然说到琴的父亲，说到这儿就哽噎住了。

我从后面看着父亲瘦削得不像样子的肩膀，眼泪江河水般无声地落下来。

父亲最后说到自己，他说：

“我这一辈子，经了很多事，要是有文化，可以写几大本书。我成功的时候少，失败的时候多。我一辈子最成功的一件事，是把你堂哥宝山的指骨还给了你大大；这辈子最败兴的是，没有找到你二大的遗骨；现在，我快死了，你闯世面了，这像一草一树，一枯一荣。闯世面就要懂得为人处世，你的为人我放心了，却担心你处世。其实，处世也就是处人。你爷爷教会你大大一个处世的道理，你大大又把这个道理教给我，那就是：不到亡国、亡家、杀妻、夺子的地步，人和人之间就不应该产生仇恨！仇恨能毁人一辈子、两辈子，甚至世世代代。要是你能做到心里没有仇恨，你的前程和日子就会比别人好过。”

“人要有志气，志气是什么？就是说到做到，这是男人，我发誓戒了药，现在总算做到了，也给你做个榜样。”父亲补充说。

父亲说完这些话后，再没有主动说过什么，他的身体虚弱得好像没有力气讲话了。

这也是我第一次听父亲提到爷爷。

偷偷擦干眼泪，我真想问父亲，爷爷叫啥名字，但我打住了，作为满洲人，这是犯忌的。

叁拾玖

1988 年 9 月 21 日，父亲出院。这一天，距中秋节还有三天。

父亲好像预感到了自己的大限不远，也看出我左右为难的窘境，多次催促我结账出院。

这个账是我没法结的，两个多月治疗，单间病房干部待遇，我一个士兵，如何拿得出这笔钱？其实，到今天我也不知道父亲当年到底花销了多少。医院方面说，部长曾专门打过电话，说先把账挂一挂。

搭去七旅的车到县城，七旅又派一台卡车把我和父亲送回回鹿山。

在县城工作的苹果脸未婚妻一同陪着。

卡车到了家门口，我才知道，老屋已经被二外甥女秀芝一家住上了。秀芝虽然与我同龄，但此时已经是一个女儿的母亲。她三年前嫁给本村青年国锋，却与公婆不和，全家就先搬娘家暂住。雨生家没有多余的空房，秀芝一家三口就住进了我家老屋。很显然，父亲这个病重的老人不好再住进自己的老屋了。

父亲就这样在卡车的驾驶室里停留了足有二十分钟。

我左右为难，一时不知该把父亲安置在哪里。

这时，军慢慢走过去，又走回来。

走到车跟前的军突然对我说：

“要不，先把姥爷放到我家吧！”

这是一个让我意想不到的建议，也是一个让我难以接受的建议。军是谁？军是我的外甥女婿，可是，外甥女从何而来呢？那是来自大姐的血脉啊！就两者的亲疏关系来说，要送，也应该送到大姐家，她虽非父亲亲生，但毕竟和我是一奶同胞呀！何况，是他们让二女儿秀芝一家占了老屋的。

我看了一眼父亲，父亲满意地默默点点头。

我只好妥协了。

把父亲放到军家炕上，他兴奋得像一个刚回家的孩子，两眼竟放出光来。此时的父亲，一身蓝卡其布制服，戴一顶涤卡布单帽，清瘦的脸上泛着一点红润，根本看不出是一个久病而行将就木的人。

应该说，父亲从来没有这样干净、精神过。

等卡车司机用过午饭，父亲立即催我随车上路，尽快赶回部队。见我犹豫，父亲说：

“我一回家，病全好了，有军和秀文照顾，你再不走，我就生气了……”

秀文却接话说：

“再有三天就是中秋节了，就让小舅在家过个团圆节再走吧。”

其实，我明白，父亲这样急着出院，就是怕我如果无休止地耗下去，会影响到工作和前途。

我并没有遵从父亲的意思。当天我没有走，不是因为想与父亲多待两天，而是，我想和苹果脸在一起多待几天。

中秋节那个晚上，我和苹果脸在我童年出没的山溪旁依偎在一起。两只松鼠在溪水的石头间嬉戏，一只跳过来，另一只又跳过去，两对明亮的圆眼睛既兴奋又好奇……

那个晚上月亮很圆，也很冷。农历八月的回鹿山，常常有雪花飘落，而我激动得热血沸腾。那个晚上，我被情爱占据着，我可能会用吴刚斫桂和嫦娥化蟾的传说来讨苹果脸欢心，却根本没有想到父亲，更不会想到父亲还能活几天。

就是那个北风呜呜的晚上，在清冽的山溪旁，苹果脸怀上了小苹果脸。十个月后，孩子出生了，不是我希望的女孩，而是男孩。

第二天早晨，趁大家都在外面忙着早饭，父亲把我叫到炕前说：

“你来，我还有句话说。”说着，父亲拿起手边的那把哨子刀，“这个，是我藏在家里的宝贝。昨天晚上，让军去找出来。你该留着，是个念想，你二大带了几十年，我又带了几十年，这是传家宝啊。”

接着，父亲突然压低声音说：

“这回没时间了，下次回来，不管我是活着，还是死了，你都要去响水，在你苏妈妈坟后的剑石下，埋着你大大、四大和堂哥的骨殖。最重要的是你二大留下的两封信，在一个瓦罐里装着，你一定要保管好。当年时局不稳，我拿捏不好将来的命运，只好这样办了，这件事儿，连你三大都不知道。你以后愿意，可以告诉军，也可以告诉雨生，如果形势好，能够重新埋一回，起个坟头儿，也算对得起他们了……”

正说到这儿，秀文和苹果脸进屋摆饭桌，父亲打住话。我点点头，顺手把哨子刀放进柜上的手提包里。

饭后，我和苹果脸一同告辞。我对父亲和军说，顶多一两个月，我就能回来一趟。

父亲点点头。

当我走到大门口时，父亲把半个身子从开着的窗口探出来，向我挥着那只大一号的右手，我已经走出很远，父亲还在窗口张望着，微笑着，挥着右手……

第三天上午，我在北京北站下火车，转乘地铁回军区机关。刚一到办公楼前，通信员就递给我一封电报。

电报上写着：父病故，速回。

电报是前一天拍的。也就是说，我离家的第二天父亲就病故了。那天是农历八月十八。

一进办公室，处长就对我说：

“你可回来了，赶快回住处收拾一下行李，下午司机小牛送你回天津。再不走，军务部就通报批评了。”

我在办公室愣了几分钟，脑子麻木得像块石头。

半个小时后，我骑车到邮局给姐夫雨生拍了电报，内容也是五个字：回不去，安葬。

不知出于什么心理，我没有通知在县城工作的苹果脸，当然，我不知道，此时一个新生命正在孕育之中。

与我必须离开气派庄严的军区大楼相比，父亲的迅疾逝去，已经不能触动我的情感末梢了。

再回故乡，是苹果脸产下儿子后的一个月。

我这才知道，接到我的电报，雨生姐夫、小哥长山、耀祖舅舅和军共同做主，也算很体面地安葬了父亲，没有按满洲人的丧俗火化，同时与父亲下葬的还有苏妈妈的遗骨。耀祖舅舅坚持到响水挖出苏妈妈的遗骨合葬，这是汉人的风俗。

父母的安息地距七号营子很近。在营子西山，一块U形的宁静之地。我默默地立在父母坟前。坟头很大，经过一冬一夏，蒿草长得非常繁茂。

陪在一旁的雨生说，坟头下父亲居中，苏妈妈居左，母亲居右。这是回鹿山一带汉民乡村夫妻合葬的丧俗。

父亲病故，五道川的三伯没有来。小哥长山说，三伯年龄大了，走不动，听说父亲走了，就在屋里长吁短叹了半天，然后独自到村口烧了几刀黄纸，以表达对这个五弟的哀思。

没有人告诉我，父亲死时琴姐的丈夫汉来没来奔丧，此时他早已另娶了女人，有了两个女儿。

雨生说，来不及打棺材，按父亲生前的意愿，用我家那口油松堂柜收殓了。出殡时，孝子的白幡是小哥长山扛的，花幡是二哥忠扛的。送葬的人很多，七里八乡的，知道信儿的都来了，这是我们没想到的。送葬的是一支浩浩荡荡的队伍。

雨生说，丧事在军家操办，后厨的苦活累活，主要是秀文和芳嫂干的。

雨生又说：

“你大姐和孩子们哭得很厉害，很伤心。”

我明白姐夫的意思，满洲人的丧俗是，如果老人去世，孩子们多，哭得厉害才吉利，才是喜丧。

最后雨生说：

“支客的是国、刘战和孙二林。各方面都照应得很好。”

晚上，在秀文家，我仔细询问了父亲临终前的细节。

秀文说：

“姥爷真得人心。死那天像好人似的，其实和你走那会儿一样。后半夜突然说心口烧得慌，就轻声叫醒我和军，说想喝点碱面或者苏打。给他喝了一把碱面，还不行，就看见他坐不住了。等了一会儿，姥爷就说，军，秀文，你们两口子心好啊。秀文，你起来吧，把孩子抱走吧，抱到前院你妈家……”

秀文说到这儿，忍不住哭起来，一边哭，一边拽过一旁的女儿玉茹，孩子也跟着哭起来。

我的心一阵阵绞痛，像几把刀乱扎一样难受。

军接过来说：

“直到咽气，姥爷都明白。秀文抱孩子走后，他让我快去叫玉茹她姥爷和邻居老李头儿，他说他等着他们来，想说几句话。可俩人来时他就不会说话了，举了两次手，也不知道啥意思，然后就看看我，看看玉茹她姥爷，点点头，又点点头，眼睛突然亮亮的。我看出他想说点什么，就把耳朵凑近他的嘴边，我隐约听到‘不要求人’。我握住他的手，点头示意我记住了。不到五分钟，掉了下巴，就走了，临死也没叫一声，干干净净的……我，我不服老爷子别的，能在死前彻底戒了吃了半辈子的药，这是一般人做不到的……”

军说到这里转过身，走出屋外，这个五尺高的汉子竟也抹起了眼泪。

奇怪的是，这回我并没有眼泪，也没有想哭的冲动。我突然想起，满洲人辞世，最大的心愿是长子在场看到老人咽气，这叫送终。军只是传说中与父亲有血缘关系，然而他在父亲最后时刻守在身旁。

这是天意吗？

当然，我知道，父亲最后一句话不是不要求人，而是“不要仇恨”，这是军猜不出来的。

姐夫雨生说：

“也没啥可陪葬的，想了半天，把柜里找出的那副竹板又放他身旁了。我想，他年轻时喜欢唱落子，就给他带走吧……”

我暗暗吃了一惊：雨生果然是父亲最知心的朋友。

这时我突然想起刘战，于是问雨生：

“刘战为啥一直和我们过不去？”

雨生毫不迟疑地回答：

“还能为啥，他姥爷当兵那些年，他想娶耀祖舅舅的姐姐苏灵。快到手时，他姥爷回来了！”

原来是这样。果然应了古语，冤有头，债有主。现代人说，世上没有无缘无故的爱，也没有无缘无故的恨。

肆拾

通往响水剑石坳没有路。

披荆斩棘，连攀带爬，还没到半山腰，我已经气喘如牛，大汗淋漓。坐下来歇了两三次，总算来到剑石坳。

当三四米高的剑石出现在我眼前时，我像被雷电击中一样愣住了：这个被故乡人形象地称作宝剑的巨石，哪里是半截宝剑，分明是古埃及的方尖碑！虽然没有方尖碑那样高耸入云，但从坳下仰望时，其直指天穹的气势丝毫不亚于方尖碑对仰望者产生的冲击和震撼！

把铁锹放在一边，慢慢走到剑石下，小心地伸出双手，刚一触到剑石，一股沁人肺腑的清凉迅速传到每个毛孔。

正是上午十时左右，瓦蓝瓦蓝的天空不见一丝云彩。阳光把远山照耀得黄澄澄的。

我绕着剑石转了两圈，扫一眼石前苏妈妈那个坟坑，再把剑石两侧并排生长的九棵山柳一一数过，庄严肃穆之情油然而生。

按着父亲生前所说，我小心翼翼地先铲开剑石前盘根错节的藤蔓根，然后挖下第一锹。

什么都没有。一锹黑黑的湿土，里面露出野草白生生的根须，还有几只山地昆虫受到惊吓，在黑土上爬上爬下。

第二锹，第三锹，我耐心而又焦急地挖着。难道，有人知道了什么，多年前尸骨就被盗走了？或许，之前被来迁苏妈妈坟的乡民发现了……

挖下一尺之深后，出现了碎石。我看出，这不是自然形成的碎石，而是人工放进来的，我的心跳加快了。

清理出半尺深的碎石，一块青石板终于露出一部分。

把周围扩展到两平方米，一个长一米，宽高都在六七十厘米的石匣完全暴露出来。

这是一凿凿一锤锤打磨出来的精美石匣。我知道，这样一个青石匣，一个好石匠，得凿一个月或者更长时间，而我也知道，靠父亲一只好手，完成这个工程是不可能的。

我费力揭开石匣盖，里面又是一木匣，是最上等的油松木，全卯全榫，严丝合缝。

再打开木匣，两副人骨干干净净地呈现眼前，两个头骨，其他是天骨、肱骨、股骨、胫骨、桡骨、肋骨……像被一一数过，整齐地排列在匣中。我知道，这就是大伯和四伯。

在木匣一角，一个深褐色瓜形陶罐安静地卧着。

我跪下，脱下上衣铺在地上。然后取出陶罐，轻轻地掀开盖子，把里面的东西一件件掏出来，放在上衣上。

一个熟牛皮袋，里面装着两节指骨。一枚青天白日徽章，两枚黑色塑料纽扣。

另外一个鸽子蛋大的东西，由防潮的油毡纸包了四五层。

打开来，黑糖似的一团。这是鸦片，俗称大烟膏。

最后一个叠得四四方方的薄片，也由四五层油毡纸包着，打开来是家信。

信是两封，各两页，用同一种红色竖格棉毛纸，蓝色水笔行楷字。字写得遒劲端正。

其中一封全文：

张师长将军勋鉴：

三十年六月，中条山一役，将军孤军驰援，以决死之心，救敝部及98军将士于死境，余感怀日日，98军上下，亦以奋战杀敌感恩。是役后，转战南北，屡歼日倭精锐之师。然两党积怨太久，本可共建新政，民享太平，不料内战爆发，昔日同仇敌忾、英勇抗倭之情境已成回忆。锦州之困，贵军行动之快速、炮火之猛烈、官兵之奋勇，足可预见锦州乃至东北之成败。余为军卒，死而无憾，然见范长官及众袍泽眷属，尤以妇孺甚，惊恐万状者，偷偷饮泣者，嗷嗷待哺者时时可见，余心不忍，怆然泪下。今不顾军中禁忌，舍余一人之尊严，遣可舍生取义之葛副官忠亮见将军，望在西南角门放半条生路，余亲率骑兵百骑护卫众眷属，于明日申酉之际突围出城，假道葫芦岛或菊花岛，或可逃命。护卫之骑，皆为跟随敝人多年忠勇，无一贪生怕死之辈。余戎马半生，身领将衔，受党国泽芳多多，从来不敢一事懈怠，更无一己苟活之道理，唯有此一己私念。余乘白马，背负三子，怀抱幼女，已有同归于尽之悲决。余深知此举于将军不公，甚至残酷，此信一旦旁落，极有可能置将军于死地，此乃我万死不抵之过。胞弟镇彩（一慈）受将军恩惠多年，膜拜景仰，愿为生死。当年本可随我南下，却能断胞情取友谊，足见忠诚。可叹两军反目，失去联系，不知生死。若仍在麾下，可委此任。日月穿梭，江山易改，真希望，国共两党能渡尽劫波兄弟在，相逢一笑泯恩仇！谨代表或可余生的军中妇孺再申谢忱，祝将军康泰百益。

侯千慈敬礼

十月九日

另一封全文：

一慈五弟台鉴：

提笔呼唤汝名，不觉悲从中来！经年硝烟翻滚，枪弹如织，有多少袍泽兄弟横尸沙场，死不瞑目。汝和侄儿宝山被大哥万慈送入军中，孰幸孰不幸一时难说。宝山已死，中条山上有其遗骨忠魂，为国捐躯，死得其所。恍恍之间，七载已过，兄实不知汝生死。若生，见信如面；若死，安祝亡灵！

上祖居宽城，为多舛之家，乱世之民不如太平鸡犬，大哥万慈因此一意孤行，带众兄弟背井离乡，落脚塞北。那是蛮荒之地，民风不淳，文化贫瘠，兄于此地度日如年。兄少年饱读诗文，立志报国，无奈只能背弃兄弟，一走了之。此乃正是兄无颜面对胞兄胞弟之难处。后终于和大哥有家书往来，然三年前突然中断，不知何故。兄想塞北山高林密，为共党出没之地，以蔽兄身份计，家人或想主动放弃联络。

日倭投降后，国共冲突再起，兄从军十八载，内战之苦历历在目，顿生退意。遂去职官长，想告老还乡。然此时却发现无乡可还。踌躇犹疑间，佳时已过，以至不能全身而退。此次兄以高参一职，奉命协助范长官固守锦州，观东北战局及马镜如长官态度，锦州五七日必破。共军炮火倾盆而下，城中百姓已无人关心生死。兄五内俱焚，又见军中老弱妇孺眷戚惊恐悲号，遂遣舍命葛副官忠亮，冒死给张将军泽下书，求他于西南角门放半条生路，于明日申酉由兄亲率百骑护卫妇孺突围。现实情告汝：突围是真，兄却不在百骑中。身为党国将领，兄决以全部牺牲以报国家养育，为国战死，事极光荣。如汝先获此信，同时附有宝山遗骨遗物和一块烟土。宝山遗骨遗物，若能回归长兄万慈处，乃苍天有眼。烟膏备汝伤时止痛，如遇大辱不过，亦可全吞守节。另信可直呈张将军，以将军当年中条山之义勇，必能审慎定夺。

汝少时顽劣，最不爱读书，这是长兄万慈之心病。汝既步余后尘，投身行伍，也未必错误，但军人最讲忠诚守信。日后如在军旅，应精研曾涤生家书，于国于家于己大有裨益。

枪炮声紧，万语千言自不待言。可悲一奶同胞，却成敌我恩仇。长兄万慈曾不满余拒谈家事。今亦实情相告：兄无家室，更无子嗣，呈张将军信中所及“背负三子，怀抱幼女”，实为博将军足信并同情尔。兄平时无积蓄，多余薪俸已广济各地寺院僧众。因自知有愧宗祖父兄，心中惴惴，故不敢早报实情。此役之后，若得活命，将遁入空门，赎百罪于拂尘。若死，亦不求名册，不存尸骨，滚滚红尘之中，兄不过一微小粒子耳！望五弟珍重！

二兄侯千慈握手

民国三十七年十月九日

把两封信连看了两遍，内心已经平静如水。

趁着太阳西斜，我重新把亲人的遗骨遗物一一有序地放回原处，一如当年父亲的虔敬和仔细。在把堂哥宝山的指骨放回牛皮袋前，我在右手心中握了又握，没有特别的感觉，与我的手掌温度一样，不凉也不热，像握着两枚木质的军棋子。放回帽徽前，我把两枚黑色的纽扣先放进陶罐，然后十分仔细地端详着这枚异党的帽徽。我数了数，青天之上的白日光芒一共十二条，不知道十二条日光蕴含着什么。在帽徽的下边沿，子弹滑过的凹陷处，彩漆剥落处已经生锈，其他地方该蓝的蓝，该白的白。

对于两封信，我曾犹豫一下，想拿走另外保存，可我随后放弃了这个想法。我按原来的折痕折好了，用油毡纸再次一层层包好，小心地放入陶罐。

最后，我举起那块鸽子蛋大小的烟土，对着西山顶上那枚蛋黄般的太阳照了照，根本不透明，初看胶状的紫红色，我以为会像明胶一样透明。用油毡纸包好前，我又放在鼻子底下闻闻，有一股陌生的味道，说不出来，有点像麻油味，又有一股地羊的土腥味。这时我想，父亲用药多年，为何一丝一毫不肯动这块烟土？

想到这儿，父亲夜晚吸旱烟那个烟雾弥漫的场景突然一闪而过，我的心剧烈地抖了一下，赶紧把烟土放进陶罐。

盖好陶罐，放入木匣，木匣再放入石匣。

把石匣原模原样地移回去，紧贴着剑石，再把碎石、黑土一层层填好。

我没用脚踩实，而是跪着，用双拳一点点摁实，每摁一下，都觉得像和堂哥宝山握手。

一切妥当后，夕阳落山，余晖之下，高高的剑石上半截立即被染成了油画般的橘红色。

正巧，一只山鹰从山峰后飞来，它没有飞向旁边任何一棵山柳，却径直落到剑石顶上，等它发现跪在石下的我，吓了一跳，立即拍打双翅飞了起来。

我立起身，环顾一下如黛的群山，天地间一片静穆。除了头顶那只盘旋的山鹰外，确信没有人看见这里发生的一切，我松了口气。

我心想，这是一个家族的秘密，我要守口如瓶。

“没有秘密的家族，不能称其为家族。我不会听从父亲的建议，我既不会告诉军，也不会告诉雨生，我永远不会对外姓人讲的。”

我对自己说。

肆拾壹

时间过得真快，眨眼之间，父亲病故整整二十三年了，原本想好好写写父亲，但父亲人生最光彩绚丽的时候，我还没有出生，那是他当战士和生产队长时期的事情，内容多与战争、杀戮、死亡、生产、粮食、开山造林和女人有关。我其实不想用道听途说和想象来写父亲，那是小说家的本事，我只想写写我亲眼看到的，或心灵感受到的——而这些，恰恰是最琐碎而无趣的东西，但我只能这样了。

如果大家希望我用最简洁的话概括一下父亲，应该是这样：

父亲四十五岁前有两个名字，两种生活，故事是传奇而迷乱的，包括战争经历和情感世界；四十五岁后，父亲只剩下一个名字，这时他成为真正的乡民，但他只有农民的朴实而缺乏农民的勤劳；父亲一辈子崇尚知识，却没认识多少汉字；父亲不高大也不丑陋，他留给子孙的最大财富，是宽广的胸怀和善待他人的品格。

“不要仇恨”是父亲留给这个世界的最后声音。

跋

追忆与救赎

林谷芳

人有过去，有过去就有记忆。但记忆很奇怪，不是那些生命中惊天动地或关键转折的才会被记忆，更多时候，我们想起过去，浮起的竟都是些不重要乃至不着边际的小事。

《回鹿山》是一本作者回忆过去的书，除了书末写及家人在战争中的戏剧性遭遇外，通篇尽是“小事”。而这小事，也不有趣，只是些偏乡中贫苦人家的日常关系，可奇的是，你就会被它吸引。

吸引，也许来自我们多数人，或更甚地，所有生命的本质原就如此平常；但吸引，相信也来自作者那如实的自述。这如实，甚至包含即便父亲已逝，仍不时出现的犹有其怨的行文，但无论如何，质朴，甚而有时还显粗陋，可直接映现作者性格的文字，就让我们看到了真实。换句话说，我们许多时候看到的故事，果真只是个“故事”而已，它总过多地修整，不只是情节的修整，也是语调行文的修整，而作者原有足够的这种能力，但他让故事，就只回到了“过去的事”

这个原点。可由此，反而让我们面对了一个个活生生的日常生命。而这生命，尽管活在偏乡，尽管仍系经由作者口述，却都能与我们的日常对应起来。

吸引，当然也来自记忆——尤其是追忆，常就是生命的一种救赎。这救赎不一定就真缘于愧对过去，而只是经由追忆，过往的种种乃得以有它生命中该有的位置，而当这些位置摆对了，我们乃能将那一直伴随我们生命的“结使”放下。

“因结而使”，这些结使往往是我们今天之所以成为我们的主要力量，而透过放下，或许生命乃能真正地告别过去，或许也就真正地接纳了当前。但无论是告别还是接纳，过往内心的催逼却已不再是无名的纠结，你，由此也真正有了新的人生。

结使，正如记忆，不一定来自那关键乃至惊天动地的过往。有时，它只是恰好在临界点出现的小事；有时，是事虽小却正好触到自己生命独有的幽微；有时，则是长期积累的结果。而正如本书，除开最末，通篇虽说尽是小事，但这些小事，就是作者敏感心灵的全部，长期积累，就形塑了他近乎难以摆脱的生命性格。而其实，我们生命不也尽多这样的结使在！

正因是难以摆脱的生命性格，所以行文用字，作者乃直接吐露着他对这些亲人的爱憎，但也因此，他才更清晰地看到自己与父亲之间的关系模式，竟就如此活生生地被复制在自己与儿子之间。而在此，追忆与书写，容或还不足以让生命真彻底跳出，但这点如实知其因的面对，就让作者在现实上有了生命的一转。

这转，我是亲眼看见的。侯健飞因做我的美学著作《谛观有情——中国音乐里的人文世界》而与我相熟，可小侯——我总如此叫他，原是个对音乐一窍不通的人。他做，只因同为文化界，年轻的记者孙小宁的热忱推介。他做，更因为觉得中国音乐需要这样的经典录音与美学诠释。就如此，大的资金筹措不说，细部种种的准备不谈，只为了压碟片，他可以吃的睡的都极简单，孤身一人在深圳个把月，与相关江湖人士周旋，只为确保音乐的质量。这样的性格，说理想，说冲动，说纯真，说执拗，你尽可以就此谈他，但没这精神，一个当年还年轻的小编，又如何能促成这非时潮，却包含两本书、十片录音光盘的大部著作，跨海在当时经济尚未起飞的大陆出版，且引致一定的社会反响。

我是了解他这性格的，而这了解原是从他与我的具体接触而得，但直到读了这本书，也才知我的了解仍只是表面而已。从前，朋友每觉得他太执拗自限而又无以帮他，但如今我看到，因这书之成，他与儿子之间的关系乃得以缓解，甚至翻转、解套。

缓解、翻转，乃至整体解套，往往不是片段性的追忆所能完成的。

而这书，正是作者整体全然的追忆，且更甚地，也就因这整体全然，才有了书末历史谜题的得解。这历史性、戏剧性的一段，诚令人唏嘘，而由这深深触动人心的波澜相映前十分之九的贫困平常、细琐微小，就使得两者都有了更深一层的意义。“大时代中的小人物”，对这大家常说的词语，读者因此也就更能有其不同于以往的观照。尽管，不是每个人的追忆最后都能有此戏剧性的一笔，但芸芸众生的日常起落，常就关联着一定的大背景，我们能看到这背后的种种，才能真正领受生命在此的卑微，而能领受这样的卑微，对诸多生命的样态与因缘也才会有真正的同情，也才能在这卑微中有真正的超越！